U0464575

黎延奎，重庆市万州区人。做过电视记者，当过宣传干部，调入重[illegible]纪委，干的仍是宣传工作。三十多[illegible]新闻宣传生涯，有幸经历、见证了[illegible]重大事件，记录了大量三峡历史文[illegible]像，最早拍摄报道了当代愚公毛相林、移民先锋冉绍之、全国优秀纪检干部张建国等多名在全国有重大影响的先进典型，报告文学《难忘是下庄》《守望麻风村》，电视纪录片《李长亮七年打工为求学》《引力》等50多件新闻作品和多篇传播学论文获全国、省级奖励。

黎應在目

黎延奎 著

重慶出版集團 重慶出版社

图书在版编目（CIP）数据

黎历在目 / 黎延奎著. —— 重庆 ：重庆出版社，2024. 6. —— ISBN 978-7-229-18787-3

Ⅰ. I253

中国国家版本馆 CIP 数据核字第 2024HA9463 号

黎历在目

LI LI ZAI MU

黎延奎 著

策　　划：王　平
责任编辑：苏　杭　夏　添
美术编辑：范　佳
责任校对：冉炜赟
装帧设计：刘　强

重庆出版集团
重 庆 出 版 社　出版

重庆市南岸区南滨路 162 号 1 幢　邮政编码：400061　http://www.cqph.com

重庆新金雅迪艺术印刷有限公司印制

重庆出版集团图书发行有限公司发行

邮购电话：023-61520656

全国新华书店经销

开本：889mm×1194mm　1/32　印张：7.75　字数：226 千

2024 年 9 月第 1 版　2024 年 9 月第 1 次印刷

ISBN 978-7-229-18787-3

定价：68.00 元

如有印装质量问题，请向本集团图书发行有限公司调换：023-61520678

这是我最早拍摄的三峡影像

亲历·记录·回望

上了一定的年龄，爱回忆往事。三年前的一天，兴之所至，敲键成文，写下了本书的第一篇文章《难忘是下庄》，发到朋友圈，居然赢得一片喝彩，多家媒体也刊发了，还接连捧回了四个全国、省级一等奖，于是，很受鼓舞，再写，又有获奖。前前后后地累积起来，数一数，竟写了三十多篇，多位看过的朋友都建议，最好出个集子。这便是本书的由来。

书中这些文章，写的全是本人经历的一些往事，主要是采访经历和曾经的美好与感动。分为两个部分，上篇“采访那些事”，下篇“回不去的从前”。

我的职业生涯始终和新闻难舍难分。学新闻，干新闻，就连到纪检监察机关工作，干的都主要还是新闻宣传。这让我习惯以一个新闻人的视角，来观察我们的社会生活，同时以江湖之远的体验，来讲述重大变革时代一个普通人身边的人和事。

我曾经生活的地方——长江三峡，那里有冠绝天下的山水空间。在近几十年，这里发生了空前绝后的巨大改变：大江截流，三峡蓄水，百万移民，脱贫攻坚……都是史诗般的历史事件，我经历了！见证了！也零零星星地记录了！

巫山县下庄村曾经是一个远离尘世的天坑村，这里的人为了摆脱贫困，以生命挑战悬崖，在绝壁上凿“天路”，我最早拍下了他们在悬崖上的惊心之举。那里的往事实在难忘，一位村民头一天还在镜头前给我讲述另一位村民牺牲的过程，第二天，他也被岩石砸下了深壑。晚上，村里的人聚在他的灵前，带头人问：这路还修不修？全村的人都举起了手……我记录下了这一幕幕。下庄感动了我，我的影像也感动了中国，我写下了《难忘是下庄》；三峡大移民是人类最大的一次迁移，《见证泪别的日子》记录了长坪移民，他们含着泪水亲手拆掉自己的祖屋，袅袅香烟里，移民在祖坟前长跪不起，凛冽寒风中，他们深情凝望养育他们的故土，挥泪告别……那是百万移民的影像档案；本书中那篇《记录三峡》，则讲述的是本人从20世纪80年代初开始拍摄三峡的往事，那是我与三峡的不解之缘，那些有趣的细节至今都在脑海里浮现。

作为记者，经历的事情很多，但有沉浸感的记忆其实也不太多。我告诉自己，写，就要写记忆深刻、让人共情，放在今天都还让人有阅读欲的“新”往事。

《叠印在夔门钢索上的孤独身影》揭秘高空行走大师杰伊·科克伦从一根钢丝上跨过夔门的创举，幕后情节鲜为人知；《守望麻风村》是当年带着惶恐走进麻风村的实录；《桩桩和她的儿女们》讲述的是一个失去双手的孤老与一个村庄的乡亲之间的温情故事，很中国！很多人读后落了泪；《神秘的诱惑》讲的是我参与中法洞穴探险的事情，有人说像科幻小说。

我进入电视圈是在20世纪80年代中期，经历了电视传媒从起步到快速发展，再到今天的融媒体时代，全过程见证。前些年，因为工作的缘故，我经常和媒体的朋友交流，央视的、重庆广电的，给他们讲述我当年的职业经历，包括拍摄设备、工作方式……他们大都一脸茫然，又很新奇。几十年的变化，电视设备、传播形态和传播方式和我们当年比起来，可谓天壤之别。作为一位老电视人，我真不愿我们经历的那些事儿淹没在历史的尘埃中，我想为电视历史留下一些记忆，特别是中国基层电视传媒积累的那些有价值的东西，让历史给未来一些借鉴，也让今天或者今后的电视从业人员知道一些关于电视的有趣往事。《肩扛一栋楼》《风雪走尖山》《七曜山轶事》《暗访》《〈记者观察〉观察了些啥？》……介绍了20世纪八九十年代电视记者使用设备、工作方式和工作状态。

本书专门用了一半的篇幅，讲述了一些童年记忆、人生美好……都是些或多或少对我人生产生过影响的往事。

《童年小院》描述了一个影响我一生的地方。在“文革”那个疯狂而混乱的时期，我生活的小院却是一个安静又快乐的挪亚方舟，那里没有人与人残酷的争斗，有的是相互关爱的记忆。院里有信鸽、有金鱼，还有小花狗。《小巷里的温暖故事》讲述了我生活的小巷，普通人的际遇和感动。《空调》则以一个小县城孩子的视角，讲述自己遇上空调，爱上空调，长大后率先买了空调的故事，折射出的是改革开放的时代巨变……亲情是最温暖的关爱，作为一位摄影师，我居然没有给深爱的母亲留下一张肖像，《留在心底的肖像》讲述的背后故事会给人留下怎样的感悟，我有些忐忑。

我不是一个思想者，没有深刻的理论思考，但我是一个记录者，始终扎根在第一线。我力图用我的文字和影像，用白描的手法，为历史留下一点真实的记忆，想给历史一个鲜活的维度。

有人很怀疑，说：你记忆力咋那么强？几十年前的事，包括人物对话、现场情景，都能写得清清楚楚。告诉你吧！我还真没有胡编。本人记忆力不错，但这不是主要的，我写文章有个习惯，每次都要把几十年前拍的视频、照片翻出来，影像能迅速勾起人的回忆，特别是音视频里的人物、场景、对话，那都是原汁原味的记录。

在本书的编辑过程中，重庆出版集团从领导到编辑都很重视，现在呈现在我们眼前的这本书，让我很惊喜。我没想到，后期的编辑能给我的那些文字和图片赋予新的意蕴，带给我的阅读体验是很愉悦的。这就好比我给他们提供了一些粮食和蔬菜，他们就做出了一桌丰盛的美味。

几十年我都醉心于摄影，但却很少给自己留影，典型的“木匠没得凳子坐”，在此也特别感谢李斌、骆勇先生提供照片。要感谢的人很多，最后我要特别感谢的是亲爱的读者，谢谢您的阅读，也期望您读后能有所收获。

我姓黎，本书写的是我所经历的人和事，有人说我写的东西有视觉带入感，索性取个书名“黎历在目”。

黎延奎

2024 年 3 月 19 日于重庆

目录

采访那些事

聚焦光亮，用镜头捕捉光影黑白；记录点滴，用纸笔书写时代变迁。脚下有泥，眼里有光，肩上有责，奔赴远方。把昨天记忆，在今天深化，再将明天描绘……快门按下的声音是生命乐章上跳动的音符，美好的瞬间、动人的时刻都凝固在底片上，纪录在磁带中，被赋予丰富的含义。多少次与星光为伴，多少次与摄影机共舞，四十多年的坚守，犹如穿梭的列车，变的是窗外的风景，不变的是心中那份热爱。

采访

黎歷在目

那些事

难忘是下庄

1999 年，我在万州区委宣传部工作。记得是这年国庆前夕的一天，突然接到部领导的电话，说是巫山县有一个村里的农民自发组织在天坑的绝壁上修公路，事迹感人，让我去采访。9 月 27 日，我们一行七人组成的采访组前往巫山竹贤乡下庄村，我主要负责视频拍摄。

下庄村在一个四面环山的坑底，整个村庄就像一口巨大的“井”。站在井缘看下庄，井的下端阡陌纵横，一行行绿色作物，组成有节奏的图案，低矮的农舍零星散布其间。我们进村走的是当地人称的“大”路，大路是相对村里另一条小路而言，其实不大，羊肠小道而已，弯弯曲曲，陡峭难行。另一条出村的路，毫不夸张地讲，是我走过的最惊险的路了。为了感受下庄人出行的艰难，我从“大”路进村后特意去走了、也拍了这条小路。现在想起走的过程，都还不寒而栗。那哪是路啊！有的地方“路”就“挂”在悬崖上，上下全靠揪着树藤爬行。有一段特别险的路，凿在绝壁上，宽不足尺，下临深渊，没有护栏、铁链，哪怕是一根绳索的防护也没有。为顺利通过，村里的赤脚医生专门准备了葡萄糖针剂，现场敲开，一饮而尽。下庄人觉得葡萄糖是最好的稳心之物，喝了不会心慌气短。我是面贴着绝壁，两手张开，抠着石缝，一点一点挪过去的，稍有不慎，手是肯定抠不住的，恐怖至极。村里人说：他们这里几乎每年都有人在悬崖上丧命，猴子都有摔死的。

我们进村那天阳光强烈，虽然已是 9 月底，我们个个大汗淋漓。山野之地，也顾不得形象，有几个人干脆把上衣脱了，赤着上身走。经过近四个小时的摸爬滚打，走到村里，体能已近极限。天又突然下起大雨，气温骤降，我穿上摄影背心，还是冷得受不了，没办法，只得把洗脸的毛巾也塞到背上。

雨过，稍事休息，缓过神来，我扛着摄像机在村里转悠。村里的人都没见过摄像机，看我对着这里瞄一瞄，那里看一看，有些稀奇，于是，村里有人传言：那个肩炮（指摄像机）不得了，一扫一大片。有的村民看我一瞄就躲，有的碍于情面，不好意思躲，见到我拍，脸上的肌肉都在抖。我只好不厌其烦地给村民讲解，这是拍电视的，但大多数人对电视没概念，村里一位 90 多岁的小脚老太太，16 岁嫁进村就从没出去过，我拍她，她很抵触，家里人不好意思地解释：她是怕把魂拍走了。

下庄的封闭超出了我的想象。这里大部分人没有见过汽车，不知电视是何物，村里没电话，唯一快捷获取信息的来源是老支书的一部小收音机，81 岁的老支书黄会鸿每天都贴着耳朵听。我们带的手机要跑到很远很远的山头上，才能与外面断断续续通话。由于信号不好，我们打电话时大都声嘶力竭地吼，引来许多村民围观。一个村民看后很感慨：“恁个大一坨，还喊得到县长。”

下庄人虽然生活在一个封闭的环境中，但这里的人却一点不愚昧，他们友善、坚毅，有改变命运的强烈愿望。

目睹一个生命的消亡

下庄人摆脱贫困，冲出大山，过程艰难，代价巨大。我亲眼见证了下庄人开凿出路的艰难，见证了他们以生命挑战悬崖的惨烈，惊异于下庄人面对生死的从容与淡定。

9 月 29 日上午，我们来到了私钱洞公路施工现场，这里绝壁千仞，深渊万丈。远远望去，有几个黑点在绝壁上晃动，用摄像机镜头推上去，能看见三个村民双手撑在背后的乱石上，用脚把岩石一块一块地蹬下几百米的悬崖，没有保险绳，没有安全帽，在陡峭的满是碎石的绝壁上，他们随时可能随着身后滑动的岩石掉下悬崖。一个多月前就有一名叫沈庆富的村民从悬崖上摔了下去，把 26 岁的生命定格在了鸡冠梁的山崖上。

震撼的同时，在下庄，我一直在追问一个问题，是什么原因让下庄人铁了心地要修这条路？他们强烈的内生动力来自哪里？

下午五点多钟，工地上的村民开始收工，我架起摄像机与几位村民聊了起来——

我说：你们修这个路很危险？

村民：是有点，但修路就是这个样子嘛！

几位村民回答得很淡定。

我说：听说前不久还死了一个人？

这时一个戴着黄色安全帽的村民站起来指着不远处说：就是从那里下去的。说完又指了指旁边的一个村民说：我们这里有好几个都是到阎王那里打了个转身回来的。

这个长得敦敦厚厚的村民叫黄会元，是下庄为数不多几个出去打过工、见过世面的人，他听说村里修路，特意买了一台风钻机赶回来，在工地负责打炮眼。他的形象和经历立刻引起了我对他的注意，我把摄像机对着他，开始与他聊。

我：你家里几口人？

黄：六口。

我：超生了哦？

黄：没有，老的和我们在一起。

回答这个问题黄会元有点尴尬。

我：你们修这个路代价还是有点大吧？

黄：现在就是没有出去打工，一直在修路，经济上就没得啥子收入，买盐的钱都没得。我出去，看到外头越搞越好，回来我们这里还是恁么个老样子，不说别的，打工回来，包包啥子的，背起难得走，唯愿车子一下子就开到家门口，就有恁个一个梦想。

我：你是修路积极分子？

黄：算是嘛！要说的话，修这个路，对我们这一代人意义不大，投工投劳多了，关键是为子孙造福，后辈人就长远了。

黄会元的回答很朴实，说得也真诚。为什么要修路？我反反复复问下庄的人，他们的答案大都与黄会元说得差不多。这让我对下庄人心生敬意，没想到封闭的大山里的一群人，却有如此长远的打算，如此深沉的责任担当。大山可以阻碍他们奋力前行的脚步，却挡不住他们冲出大山的渴望，听了黄会元的回答，我突然明白了：下庄人既是在修筑一条通向外界的路，也是在为子孙后代寻找一条长远发展的出路。

摄像机记录下了我与黄会元的对话，但我没想到的是，这却是他留在世间的最后容颜。

第二天一早，我扛着机器继续到工地拍摄，开山的炮声，飞溅的岩石，延伸的公路……一一收入镜头。上午十点左右，山下的毛坯公路上，两个村民在急速地奔跑，嘴里喊着：失格了！失格了！（当地土话：出事了）我马上扛着摄像机跟了上去。私钱洞工地的悬崖边，一群村民已经围在那里。有人在说：黄会元下去了。我心头一怔，不就是昨天和我聊天的那个人吗？他昨天还在给我指示同伴沈庆富出事的现场。就在几分钟前，他也被头顶上的一方巨石打下了山崖，都没来得及发出一声惨叫。现场，落石与山岩连接的部位还是湿润的，地上的一块岩石上留下了一道6~7 厘米的血迹，鲜红鲜红的，就像是一个惊叹号，黄会元使用的风钻静静地躺在一边。出事时在黄会元旁边的一位村民告诉我，当时他正在除渣，一块拳头大的石头突然落下砸在了手上，他本能地闪向一旁，一方巨石猛地砸下，打在了自己刚才站立的位置，他扭头一看，不远处的黄会元已经不见了。

驻村干部方世才和村支书毛相林迅速带人赶去山崖下寻找尸

体，施工现场一片寂静，人们在默默地等待。我忍不住问在场的村民：都死两个人了，这路还修吗？村民们的反应很平静，他们说：搞恁个大个工程，不出事是不可能的。一个叫杨元鼎的村民说：我们只是有点悲痛，我们不会怕，修路哪有不流血的，开始修就想到了这点。

大约等了两个小时，绝壁下传来消息，尸体找到了。当尸体从沟底抬出的时候，天突然暗了下来，乌云沉沉，树枝在冷风中轻轻地摇曳，乌鸦发出凄厉的叫声，村民们或站或蹲在山崖下，有的眼望苍天，有的目视前方，表情肃穆，在山岩的映衬下，就像是一尊尊雕塑。我的眼泪夺眶而出，看摄像机寻像器的眼睛一片模糊……人，在自然面前是多么脆弱！人，要改变生存环境，代价是多么沉重啊！

为了记录下搜寻尸体的场景，我把摄像机架在悬崖边能看到崖底的地方，两名村民在背后死死拽住我的裤带。当尸体被抬出，正拍摄间，突然我们的背后一声闷响，又一块巨石落下了，我回头看了看，又继续死死盯着摄像机寻像器拍摄。回想起来，要是当时我们三个人有一个慌乱，今天就会是人家来讲述我们的故事了。每次想起这事，心里都一阵阵发紧。

因黄会元出事，工程被迫停工，乡里的领导赶来了下庄。我们几名记者也加入到处理后事的工作中。回到村里，乡干部、村干部和我们几名记者一起召开了一个紧急会议，主要讨论如何处理后事。会上，有人担心死者家属会讨说法。我根据现场采访村民的情况得出一个基本的判断，家属不会闹事，建议及时与家属沟通，掌握动态，同时最好趁着办丧事来的人多，现场征求一下村民的意见，路到底还修不修？表决一下。

当晚，黄会元家的空坝中，昏暗的灯光下，摆放着黄会元的灵位，香烛燃起的青烟一缕缕慢慢地升腾，几位村民绕着黄会元的棺木，敲着锣鼓唱着丧歌，黄会元的妻子哭得死去活来……全村的男女老少都来了，县委县政府闻讯专门发来了慰问信，我们几名记者把随身带来的现金全部捐了出来。村支书毛相林请黄会元的父亲说两句。我现在都记得，老人一开口，长长地叹了一口气:“哎！我们这个地方恁个苦寒, 数十代人受了这么多年的辛苦, 恁个多代人都想修这条公路，只有共产党才带领我们修这条路，我还是期望广大群众，哪怕我们黄会元死了，还是要努力一把，只增一把火，我们的公路就通了，就摆脱这个贫困！”

老人的话讲得很慢，甚至不是很流畅，但分量很重，现场出奇地安静……

村支书毛相林打破了沉寂：“我们修这个路，前不久沈庆富献出了生命，现在黄会元又走了，公路还修不修？大家赞成继续修的举手，请村会计点一下人数。”毛相林话音刚落，现场发出了一阵嗡嗡声，是人们在相互议论；随后村民们齐刷刷地举起了手，黄会元的灵前呈现出一片手的森林，一个理着光头的壮汉甚至举起了双手。村会计很快报出统计结果：赞成有百分之百！结果宣布后，我清晰地听到有人像是自言自语地说了一句：“这点子事情，根本就吓不倒人！”

第二天，天刚蒙蒙亮，下庄村里响起呜呜咽咽的唢呐声，十多个村民抬着黄会元的棺木，逶逶迤迤的送葬队伍延续了几百米，黄会元十来岁的大女儿抱着不到两岁的小弟弟，端着父亲的灵位走在最前面，懵懂的小弟弟太小，还不明白发生了什么事情，睡着了，姐姐一会儿就用手拍拍弟弟，还轻轻地叫弟弟的小名，那一幕看了让人心酸……

第三天一大早，安葬了同伴的遗体，下庄村民又上工了……

多少年过去了，下庄村民在悬崖上一块一块蹬石头的情景、黄会元带着微笑说修路是为子孙后代造福的那句话，还有黄会元灵前那一片手的森林……时时萦绕在我的脑际。

下庄人为了摆脱贫困，为了子孙后代的幸福，不等不靠，甚至以命相搏，他们身上展现出的惊人勇气，撼人心魄；他们不为眼前小利，要谋子孙福的情怀，令人敬佩。脱贫攻坚不是喊几句口号就能实现的，需要强大的内在动力，需要汗水甚至生命的代价。

带辣味的专题会

近来读到习总书记关于脱贫攻坚的重要论述，总书记讲：“农村基层党组织是党在农村全部工作和战斗力的基础，是贯彻党的扶贫开发工作部署的战斗堡垒。”“致富不致富，关键看干部。”下庄的实践，是对这两句话的生动诠释。

在下庄，我强烈地感受到，群众对村里的党员干部认可度较高，他们真正是村民的主心骨。有几个下庄人，二十多年过去了，还不时在我脑海中闪现。

老支书黄会鸿，1999 年时年 81 岁（前不久问起村里的人，说老人已经走十来年了）。老人爱听收音机，家里的几本《党员文摘》翻了又翻，虽然几十年没有出过村，但对外面的事情了解很多，说话条理清晰，关键时刻能拿主意，在村里威信很高。驻村干部、村干部经常都要去找老支书讨教。记得黄会元摔下悬崖后，因为修路已经牺牲了两个人，还有多人受伤，作为公路建设的积极推动者的驻村干部方世才，感到压力很大，就去找老支书。我也想听听老支书怎么说，跟着一块儿去了。老支书穿一件洗得浆白的浅咖色棉布中山服，风纪扣扣得齐齐整整，动作略显迟缓，因为耳朵有点背，说话声音很大。见到我们，老人一面让座，一面开始问工地的情况，很快就明白了方世才的来意。老人大度地一摆手："方同志，修这条路是我们下庄村全体社员愿意的。搞这么大个事情，肯定要付出代价。黄会元走了，我们是很难受，但没得法，现在这个路好不容易动了工，已经修了那么长，又有那么多领导在支持我们，就差一把火，歇不得！"老人顿了顿接着说："这些年，就因为这个路，我们村进进出出摔死了好多人，修路死和走路死，你说哪个更有意义？现在我们努把力，把路修通了，子子孙孙就好了！"说完老人有些无奈又像是自言自语："我是老了，到时候路修到下面来了，我一定要到工地上去挖两锄……"

第二天一早老人就让两个儿子上了工。我现在还能记起他送儿子上工的情形，两个儿子都背着满满一背篼被子和粮食，儿子有些放心不下地看着老人，老人一边推着儿子向门外走，一边喃喃地说："莫担心！莫担心！你们各人好生些（方言，意为注意安全）。”早上下着小雨，老人颤颤巍巍跟在儿子身后，一直送到家旁边的路口，看着儿子远去，老人还一边挥手，一边叮嘱。工地接连发生事故，每一个走向工地的人，都面临着很大的风险，一方面为儿子安危担忧，另一方面，修路是大局，作为老党员，他又必须带好头。老人伫立雨中的背影印在了我的记忆深处，那个背影，书写着深沉的父爱和一位老党员的担当。

下庄第二个记忆深刻的人物是驻村干部方世才。方世才是大专生，毕业后到下庄所在的竹贤乡当乡干部。乡里给他派了个硬活儿，让他到交通不便、经济困难的下庄当驻村干部。小伙子没讲价钱，一头扎进了下庄。我第一次见到方世才时，以为他是下庄的农民，皮肤黑黑的，白衬衫也是乌黢黢的，连牙也是灰黑的，穿一双解放鞋，军绿色的外套经常披着，上面沾满泥土。村民和他相处很随便，叫他“方大学”，许多村民去乡里办事，落脚的地方就是方世才的小寝室。一些村民买化肥等农用物资没钱，就找方世才垫钱或者让他去乡农资供应点担保，几年下来，他前前后后担保了三四千块钱。方世才老家是农村的，经济条件不好，时不时搞得入不敷出，前不久，农资站来要账，方世才只好去信用社贷了款，才把这事摆平。我在下庄见到一位名叫陈正楷的村民，上来就对方世才一阵猛夸：“黎同志啊！我就来给你说一说这个方大学，硬是为了我们村的事情，把腿杆儿跑细了，把脚板儿跑成了锅铲！”夸得一旁的方世才成了大红脸。方世才是万州人，妻子也在万州，儿子不满一岁，因为工地上忙，几个月都没有回家。一次在骡坪区公所，我见他给妻子打电话，估计是妻子有意见，方世才不停地解释，后面说到儿子的啥事，方世才一边打电话一边流泪……作为驻村干部，方世才真是尽心尽力。他初到下庄驻村，村民也没把他当回事儿，驻村干部也是来了走，走了来。但方世才驻村后，很快和村民打拢了堆，他紧紧依靠村支部和村委会一班人开展工作。看到村里的小学破破烂烂，觉得要治穷首先要抓好教育，就多方奔走，和村干部一起带领大家拆了村里的土地庙，建起了村小学。村民很感激，说："方大学，你帮我们把学校建起来了，我们很感激你，你要是帮我们把出村的公路修通了，我们子子孙孙都记得到你。"这让方世才很为难，但也由此动了修路的念头。后来毛相林到外面去开会，看到外面的巨大发展，回来跟方世才商量修路的事，两人一拍即合。方世才话不多，踏实是他最大的特点。工地上，他和村干部一起带领村民干，从安排部署，到现场管理、处理矛盾，事无巨细，黄会元死后，他带着几个村民摸到崖底，裹尸、抬尸、入殓……他对下庄的情是骨子里的情，对责任的担当是实在具体的担当。

说下庄我们就不得不说时任村支书的毛相林。毛相林双眼炯炯有神，个头不高，当地人称毛矮子。毛相林有主见，讲话不紧不慢，为了修路，用现在的话叫"蛮拼的"。他妻子有病，女儿先天性白内障，还有一个 70 多岁的老母亲。毛相林成天忙修公路的事，以至于家里的农活都没人干。我去毛相林家时，就看到他严重弱视的女儿正吃力地摸索着去地里挖红薯，患病的妻子也在撑着干家务，毛相林已经好几天没回家。工地上，他忙前忙后，和村民一起抬石头，还不时解决一些现场施工的问题。黄会元出事后，毛相林对安全的事盯得很紧，压力也很大。在绝壁上凿路，技术要求高，物资需求量也大。为买施工物资，毛相林把老母亲千辛万苦攒的700块养老钱贴进去了，又把妹妹放在家里准备买家具的3000块钱挪用了。但这毕竟不能解决问题，有人善意提醒他：下庄的路，从科学的角度，靠下庄的力量是修不通的。毛相林一听就急了："我就不信那个邪，我毛矮子拌蛮也要把路修通。"这就是毛相林。

在下庄，印象还比较深的是这里的干群关系很融洽，民主气氛浓。

我参加过一次村里的"专题民主生活座谈会"。由于村里的公路建设进入了攻坚阶段，一些矛盾也显现出来。下庄村党支部决定开一次专题会议。村支部、村委会成员、党员代表、村社干部、村民代表参加会议。会议在毛相林家的院坝中进行，这里是村里的议事中心，小院专门挂了一块"下庄村党员活动中心"的牌子。

会议开始，主持人曹栩清了清嗓子，直奔主题："今天这个会是请大家来就下庄公路建设中存在的问题，对村干部有啥子意见，对工作有啥子建议以及下一步打算，畅所欲言地谈，实实在在地谈。能解决就解决，不能解决的我们想办法解决。现在开始。"

话音刚落，老党员沈发柏率先发言："我们群众修路的信心总体来说是很足，愿意修的决心就大，不愿修的人他一家就走了，当初定的不修路就出钱，既不修路又不出钱的收他的责任田。这个没有兑现，修路的人意见很大，反映好多次，村里推乡里，至今不解决。"

村民代表陶忠德接过话头：“村干部是干部，也是公仆，村干部有好多工，工账直到现在都不清楚，村干部家属的工要公开，要防止家属搞特殊。”

村民代表毛相兵的发言辣味更足：“我发觉我们村班子有不够团结的现象，一些事情不是商商量量，有时候反映问题，我推你，你推他……”

几个村干部听着听着不由自主地低下了头。老支书黄会鸿最后的发言更是直指痛点：“今天我们开会讲这些问题，不是背后乱说。把问题说清楚，要拿出一个决定的方案来。前面提到的这些问题，几个村干部不是没看到，是怕得罪人，对不来修路的人，不按定的规矩兑现，是怕接触矛盾。不兑现，群众想不通。你们是干部，我们是群众，你们是我们的领导，当领导，要一碗水端平嘛。干部，不能这样。毛主席说，世界上怕就怕认真二字，共产党就讲认真，你们认真了，哪个还不搞。当干部有时要干得罪人的事，你现在得罪他，将来他感谢你，你现在恭维他，将来他还要咒骂你。你们干部哪怕是姑爷舅子老表，事情是事情，不能搞特殊，革命首先要革自己头上私字的命。当基层干部光发号施令不行，要身先士卒，要团结，团结起来就了不得，不团结就不得了。矛盾不能上交，就地解决。”一个大山深处八十多岁的老人，一气呵成，真的是“高人在民间”，现场很静很静，几位村干部的脸很红很红。

听完发言，村主任杨亨双诚恳地说：“以前工作没做到位。班子确实有不团结的情况，责任在我。以前的事不说了，我只说以后的打算，今后要统一思想，不前怕狼后怕虎，大家一起使力，决定了的事，就不打退堂鼓。”毛相林也很动情，表态也很实在：“主要原因在我，是我放弃了本职工作，在公路建设上造成了损失，我一定总结自己的缺点，在工作上力争不再犯同样的错误。”20多年过去了，现在来看当年的会议实录，还能感受到浓浓的“辣味”。这次会议，真正实现了下庄村思想的统一，达到了解决问题的目的。后来下庄的村民告诉我，那次会后，毛相林两次到县城，硬是说服离开下庄没有上工的妹妹补交了修路的工钱，村干部家属的工账也公开透明了。有的村干部拖拉、软弱的毛病大改。下庄干群的心更齐了，劲儿更足了。

再进下庄

因为媒体的宣传，下庄受到广泛关注。2000年的记者节这天，央视文艺部的编导老胡要去下庄，我陪同。在下庄我又经历了一次生死之旅。那天秋雨绵绵，当地已经连续下了近二十天雨，接近村庄时，河水已经齐大腿，我们脱了长裤，蹚水过河，上岸后就没有了成型的路，只好手脚并用。几个北京来的北方人，才走几十米已是满头大汗，我还好，一边走一边拍。突然，前面有人大喊一声“蛇”，接着就要用石头砸，同行的一位村民见状，脸上掠过一丝不祥的神情，急喊：“打不得！打不得！”当地人认为进入十月后，见到没有入洞的蛇是不吉利的，绝对不能伤害。一位村民跑上前用一根木棍把已经僵了的蛇轻轻挑起小心地放到了一边。一行人继续前行，走了大约几百米，由于连续的降雨，路越来越滑，我们只好停下歇息，正在喘息，前面突然传来一阵惊呼：“垮岩了！垮岩了！……”抬头望去，只见岩石从山顶上快速滚下，一路撞击，带起阵阵尘土，我们一行人慌不迭地就往回跑。“不好！”来路山坡上巨大的岩石也开始滚落，抬头一看，仿佛头顶上每块石头都在晃动，一群人绝望地在原地乱窜。前来接我们的一位村民扑通一下跪在地上，捣蒜似的叩头，口中念念有词：“小石子（当地人称土地神）不要打好人啊！回去我给你烧纸……”当时我也不知哪来的勇气，还扛着摄像机一阵猛拍，央视老胡见状，冲着我大喊：“小黎，甭拍了，快走吧！”

一阵慌乱之后，滚动的岩石居然停了下来。此时天色已暗，怎么办？我们外面来的几个人，统统没了主意，此时此刻，当地群众才是真正的英雄。村支书毛相林带我们顺着一个斜坡艰难地下行，这是一条当地人采药的小路。一行人许多都是手脚并用地前行，我觉得应该记录下这难得的场景，还在努力拍摄。天全黑下来后，才无奈地收好机器。我前面央视一小伙子，人太胖，体力已经快到极限，我上前搀着他，一边说些安慰的话，一边拽着他往前挪。雨，又不停地下，有几个地方我们刚刚才走过，身后就传来岩石滚落的巨响。这条采药的山路是悬崖上的一条小路，我们幸好是在黑暗中一点点摸索前行，看不到脚下的深壑，如果放在白天，我们许多人可能迈不动脚。

凌晨一点，蒙蒙细雨中，我们看到了远处摇曳的光亮，十多位村民打着手电接我们来了，我们如见救星，在村民的帮助下终于走进了村庄，一群男人一下子紧紧相拥，个个泪眼婆娑。前面叩头的那位村民，回到家的第一件事，就是给“小石子”烧纸。当晚，村民招待我们吃咸腊肉，腊肉里还放了酱油，这是下庄村接待贵客的吃法，因为酱油对这个偏远山村里的人来说是个很稀罕的调料。

沮崩，饭饱之后，我们在淅淅沥沥的雨声和远处岩石滚落的撞击声中酣然入睡。

下庄之路

下庄村的公路历时 7 年，付出了 6 个人的生命代价，终于修通。今天，下庄不再封闭，已经摆脱了世世代代的贫困。这里有了电视，有了手机……我现在都还记得下庄电视开通后村里的男女老少挤在一屋看电视的兴奋与喜悦，记得下庄电话开通后一位村民倒拿听筒使劲喊话的场景……前不久遇见下庄的村民，他们告诉我：下庄现在日子越来越好，进村的公路硬化了，还发展了多种水果产业，村里开办的民宿红红火火，公路修通后村里还考上了 29 个大学生……

下庄的出村之路，艰难曲折；下庄的脱贫之路，峰回路转。说实在的，第一次到下庄工地，看到村民修出的毛坯路，地基破碎，弯弯扭扭，又窄又陡，当时我还暗想，这个路即使修好了，恐怕也不敢在上面行车，有一种“劳民伤财”的隐忧。时任巫山县交通局局长陈俊看到当时的下庄公路，在现场告诉我说：下庄这条路应该是巫山公路建设史上难度最大的公路。工程量与物资条件严重不成比例。

这个汉子叫黄会元，下庄村村民，在修路现场，他戴着顶安全帽，很健谈，不怯场，我把镜头对准了他，他说：修这个路，我们也享受不到，只是给子孙后代造个福。不料，第二天一早，他就在修路工地被岩石打下了几百米的悬崖

巫山最大难度的公路由一群没有专业技术，拿着铁锤、钢钎，且缺少工程资金的农民修建。下庄公路开工时，按照每人十块的集资额，村里总共只筹得工程款 3960 元，靠村里的力量在悬崖上修一条 12.5 公里的天路，难度是难以想象的。然而，这条路最后却成功建成了，靠的是什么？下庄今天能够脱贫，经验又有哪些？

凿路之初，下庄人的构想在今天看来还是过于简单。当初，毛相林掰着指头给我算了一笔账：下庄村 390 多人，96 户，每户一年养一头猪，按市价每头卖 400 元，一年就可以收入 3.86 万元，可买 4 吨炸药。12.5 公里路，一年修一公里，十多年就修通了。当时由于缺少资金，下庄的公路勘测设计是请附近乡里的一位石匠做的，没有测量仪器，全靠经验，公路的线路和坡度设计都存在严重问题。

1999 年 10 月，我见到毛相林，他坦诚地告诉我：他们对修路的困难估计还是不足，比如，他原以为只要打个炮眼，放点炸药，就把石头炸开了。实际上，炮眼打多深，放多少药，还是很有讲究的。其他方面的问题也远不止当初想的那么简单。在下庄工地，除了一台千元左右的手持式风钻机是电动的，铁锤、钢钎、锄头就是他们的工具。两根木棒斜靠在岩壁上，外面罩上一张破旧的塑料纸，里面铺点稻草，就是他们的“寝室”；几块石头架上铁锅，就是他们的伙房，洋芋红薯是他们最主要的口粮，喝上几口自己酿的苞谷酒，是村民们奢侈的享受。

1999 年 10 月的一天，我还在下庄，时任巫山县委书记王定顺、县长王超一行来到下庄工地，看到下庄人简陋的工具，艰苦的生活条件，两位县领导久久无语，眼眶湿润。听说县领导都来关心修路，村民纷纷围了上来。一位名叫袁孝恩的农民扑通一声跪在王定顺面前，王书记赶紧一把拉起袁孝恩，动情地说："应该下跪的是我们啊！"这是王书记对当地群众的愧疚，也是党的干部对人民的深情。在现场我问王定顺书记有什么感受，他说：即使全县修这条路，压力都很大，但下庄人在基本条件不具备的情况下，敢于动工，敢想敢干，不是一般地想，而是实实在在地干，这是以鲜血和生命在挑战贫困，就这个敢字就了不得！同时，王书记又不无忧虑地告诉我：我们要防止劳民伤财，要把战天斗地的精神和科学的精神结合起来。

在下庄工地现场，几位县领导决定，要派县里最好的公路勘察设计人员来下庄提供技术支持。

王定顺一行离开的第二天，县里的几名公路专家就被派到了下庄，他们带来了先进的测量仪器，经过艰苦的测量和计算，专家们拿出了一个切合下庄实际的科学设计方案。从此以后，下庄公路从施工方案到施工流程都越来越科学规范。私钱洞先前耗费了大量人力物力付出了生命代价修出的一段毛坯路，由于以前测量不准确，无法相向对接，只能忍痛废弃。已经修成的毛坯公路，坡度太大，基层破碎，安全风险极大，进行了返工。下庄人付出了很大代价。可喜的是，下庄人善于学习和总结，问题和困难逐一得到解决。

下庄人拼搏，却不蛮干；坚韧，却不固执。正是因为有他们不惧生死的拼搏，有上级党委、政府和社会各界的大力支持和帮助，有对科学的尊崇，才有下庄天路的延伸。

下庄人把修路作为脱贫的突破口，抓住了制约下庄发展的主要矛盾，路通了，影响发展的瓶颈就打破了。据此，再因地制宜发展水果、乡村旅游等特色产业。先修路再致富，两步走，路径选择，步骤确立，突显科学精准。

下庄之路，是坚持党的领导，发挥党员先锋作用的示范之路；是奋斗拼搏，不等不靠的自强之路；是尊重科学，精准施策的科学之路。

二十多年过去了，最难忘的是下庄。

又走下庄

在第二十四个记者节的前一天，我又去了下庄村。2003年以前去过三次，这是时隔20年第四次进下庄。前三次进村，可谓惊心动魄。第一次，在拍摄现场，一位头天还接受我采访的村民，第二天被巨石砸下了几百米的悬崖，几分钟后我赶到现场，看到他留在石头上像一个惊叹号一样的血迹，鲜红鲜红的；第二次进庄，遭遇泥石流，在悬崖上摸爬到凌晨才进到村里，这一天正好是第一个中国记者节；第三次进庄，大雨滂沱，在雨中我们举步维艰。这次，和煦的阳光轻抚着大山，远远就看见云雾在山间缭绕，就像我第一次在这里看到的一样。在村口等着我们的前驻村干部方世才告诉我，这样的云海他十多年都没在下庄见过了。

从鸡冠梁上向下看，下庄房舍整洁，感觉比以前宽阔了许多。

进村，毛相林等在车边，看上去明显有些苍老。我们的手紧紧握在一起，我忍不住一把把他揽在胸前，轻轻对他说：你老了！他点点头："好久没看到了，我一直记到你们的，没有你们的采访报道就没有下庄的今天！我记得到！"

今天的下庄，有些令人难以置信，家家户户建新房，水泥道路四通八达，山坡上一片片的柑橘树硕果满枝。方世才指着几间新房说：“你原来住的房子已经推掉了，这是在原地新建的。”以前村里没有一寸水泥路，全是坑坑洼洼的小土道，也没有一栋两层以上的楼房，全是很低矮的土坯房、茅草屋，泥巴墙凹凸不平，道道裂纹。屋内昏暗简陋，没啥像样的家具。还记得有两个十来岁的小孩，居然在家里养了两头猪，那么小就担起了生活的重担。第二次来，村里有了第一部电话，装在毛相林家，一位村民跑着来接儿子打来的长途电话，却不知怎么接听，双手把话筒倒握着举在胸前使劲喊……

现在这里的村民网上直播弄得溜熟，一家家民宿设计感十足，落地大窗，看出去就是一幅幅美丽的图画。过去靠养猪、种红苕洋芋，现在旅游、种植养殖加电商成为新业态……

很多村民听说最早来村采访的几个记者又来了，纷纷赶了过来。二十多年没见，我们仍然记得彼此：“哎呀！你是那个扛个肩炮（摄像机）的黎二哥吗？”“长胖了！长胖了！”

握手，问候，聊当年的事。

农家小院，6 位最早报道下庄的记者、50 多名重庆媒体记者的代表和十多位村民，开始一场关于记者的对话。

村民陈正楷动情地说：“我们下庄人一辈子都要记住新闻记者，特别是最早来下庄的几个记者，没有这几位记者就没有下庄的今天。”

村民黄玉高说：“我们在悬崖上修路是很危险，但那是为我们各人（自己）嘛！最早来采访的几位记者他们也在悬崖上爬来爬去的，他们是为哪个？是为我们嘛！”

村民陈玉英笑呵呵地说：“现在下庄全国闻名，村民都过上了好日子，记者硬是为我们付出了蛮多，发自内心地感谢。今天专门赶过来要见见你们……”

座谈会上，我播出了珍藏 20 多年的下庄影像，有当年我们冒死在绝壁上爬行的镜头，还有记者在下庄流着热泪采访的场面……下庄人说不会忘记记者，确实，对下庄而言，没有记者的发现，没有媒体的推介，就可能没有今天的下庄。

下庄，是新闻推动发展教科书式的一个样板。

是媒体，让一个偏寓坑底的村庄进入大众的视野，引起了社会的关注。当年，一位市民看到一张下庄人穿着露出脚趾解放鞋的照片，主动送去了几十双解放鞋。很多家长带着孩子，把压岁钱捐给了下庄。报道播出后，当地党委政府大力支持，派出了修路的技术员，在资金技术上倾力扶持。1999 年以后的 20 多年，媒体始终关注聚焦下庄，下庄人的勇毅、下庄的困苦和艰难、下庄的需求、下庄的进步，一点一点都在媒体的报道中显现出来。媒体的发现之功、推进之力，作用巨大，新闻服务于发展，在下庄得到生动诠释。

媒体人，肩负的责任和使命很重大，这不是一句空话。就下庄宣传这个个案来看，至少有这样几点体会。记者的根基在基层，俯下身、沉下心、动真情，才能推出有思想、有温度、有品质的作品。我们在下庄，进村的难，绝壁上的险，让人心惊肉跳。今天想起

记者的职业需要艰辛付出，
作者拍摄的同行工作照

面朝绝壁过绝壁的脚步，想起悬崖边拍摄抬尸体又遇落石的惊险，一阵阵后怕。当年，在现场，好像没有太多考虑这些，心里想着的只有新闻，只有画面。

在下庄，体力的透支对我来说还算不上是太大的困难，因为我被感动了。绝壁上的“蚂蚁啃骨头”震撼了我们。方世才长期不能回家，流着泪给妻子打电话，他的眼泪让我也饱含了热泪。应该说，在下庄，村民感动了我们，我们也感动了村民。他们抢着给我背设备，在绝壁上拍摄，两位村民死死拽着我的裤带。临走最险绝壁时，他们还特意给我预备了一支葡萄糖针剂。那时村里人穷，酱油对他们而言是种极为稀罕的调料，为了让我们吃好，村里特意派人翻山越岭买回一瓶酱油，煮腊肉都放上酱油。

在下庄，我们的角色既是记者，又是“领导”，是采访组，也是工作组。我们参加他们的会议，给他们出主意、想办法，与他们共喜乐，今天的话叫“共情”。当我们离开时，村里的父老乡亲送了一程又一程，村里的孩子在老师的带领下，挥着手一直唱着歌为我们送行。我们和村民互相感动，被感动的我，拍的片子也悄悄地“感动中国”。

我常常在想，下庄为什么能够脱颖而出，原因有很多，但肯定有记录的力量。因为我们在一线，因为我们贴近了生活，拍到的视频还冒着“热气”，有一种挥之不去、无法抗拒的本原性力量，它胜过千言万语。黄会元牺牲后几分钟，我就赶到了现场，血迹还是鲜红鲜红的。

多位负责典型推荐工作的领导和同志都告诉我，在下庄拍到的影像极其珍贵，对典型的推出起到了最重要的支撑作用。中央电视台《时代楷模》节目在报道下庄时这样说：“时任重庆市万州区委外宣办宣传干部黎延奎冒着生命危险，记录下了下庄人修路的过程！如果不是这些宝贵的画面，或许没有人会相信中国的老百姓能在这样条件下坚持修路。”《感动中国》的编导采访我，听我介绍下庄故事的拍摄经过，听着听着就哭了。《时代楷模》的编导马琳看了我提供给她的一段下庄修路的视频后高兴地说：“有了你这段视频，我这个节目就撑得起了。”

这就是影像的力量。

下庄，一个曾经封闭落后的井底之村，现在已经成为中国乡村的样板。我因为 20 多年前与他的一次相遇，从此结下不解之缘，下庄成为我生命中不可或缺的一部分，以至于许多人说到我，就会说到下庄，说到下庄也要说到我。我和下庄互相成就，感谢下庄！

守望麻风村

早晨醒来，拿起手机，短视频弹出一张黑白照片，是麻风病防治专家李桓英。叠在照片上的字幕，让我心头一紧：2022 年 11 月 25 日，著名麻风病防治专家李桓英逝世。

因为早年我曾去过麻风村，知道麻风病防治的艰辛，对这位老人充满敬意。她放弃优渥的海外生活，回到国内，终身未婚，致力于麻风病的防治。她的短程联合化疗方法被世界卫生组织全球推广，改写了麻风病防治的历史。

看到这个消息，我心绪难平。麻风病人残缺的四肢、崎岖山路尽头青砖瓦房里昏黄的油灯……镜头来回闪现。几张朴实的面孔一次次浮现，他们是渝东北地区几个在孤独困苦中坚守几十年的基层麻风病医生。

沉睡的记忆闸门徐徐打开。

一

大约是 20 世纪 90 年代初，有一年春节将近，民政部门开始安排困难群众的过年问题。在民政部门的困难群众名单中，我偶然看到有个“鱼背山麻风村”。我有些惊异，没想到我们身边就有麻风村。

我找到五桥民政局的马伦贵局长，想了解个究竟。马局长是军人出身，经历过血与火的战火洗礼，刚转业到地方，面对我的问询，他显得有些茫然，但很爽快地对我说：“我才来，具体情况还不了解，你想去的话，我陪你，也去看看。”

年轻时的我，满怀新闻理想，每天一睁眼想的就是怎么发现好的新闻点子，但对麻风病，内心还是有些恐惧。我看到过夏威夷卡劳帕帕麻风病人放逐死亡半岛的悲惨记载，知道麻风病人随着病情发展，会鼻子塌陷、四肢溃烂，变得面目狰狞，也听说过麻风病人被活埋、烧死的血腥往事。

但麻风村的神秘还是吸引了我，几天之后我打定主意，探访麻风村。马局长没有爽约，我们一路同行。

鱼背山地处川鄂交界的大山深处，三面环水，远远地看，就像是一条鲤鱼露出水面的脊背。

这里山大坡陡，树大林茂。把麻风病人安置在此地集中管理，既远离人群，减少传染风险，又靠山隐蔽，不致引起社会的恐慌。

去的那天，冬雨淅沥，云遮着山，雾绕着林，空气潮湿、清冷，让麻风村更显神秘孤寂。

在山下，我们见到了院长何满昌和医生向旭阳。这两个人年纪相当，50 来岁，个头不高，都穿着皱巴巴的卡其蓝布中山服。何满昌头发有些蓬乱，向旭阳头发已经花白，无论怎么看，他俩都和医生沾不上边，倒像是两个地地道道的当地农民。

可能是长期待在山上的缘故，看到生人，两人都有些拘谨。何满昌不抽烟，但那天特意带了包烟，一见面很不熟练地挨个给我们发。看得出，他既怕我们嫌烟不好，又担心不装烟失了礼节，显得又尴又尬的。

上山的路很崎岖，走起路来，他们两人一下像变了个人似的，三步两步就上了前，把 20 多岁的我甩出一大截。两人不时停下脚步，回过头来等我喘着粗气往上赶。

我问："你们爬山怎么这么厉害？"

两人回答："山里人，走路是基本功。"

我问："你们来这里多长时间了？"

向旭阳说："我们都在这里工作 20 多年了。"

我说："这里很艰苦。"

两人相视一笑，又是向旭阳说："我们两个都是西藏军区当兵下来的，这里比西藏还矮一截，习惯了也没得啥子！"

走了两个多小时的山路，远远看见路的尽头绿树掩映着一排白墙灰瓦的平房。

何满昌回过头来看着有点狼狈的我，如释重负："到了！到了！"

二

麻风村说是一个村，其实房子并不多，病人住的平房有十多间，前后两排，建在山的西边。三名医生住在东边的一栋小平房中，东西之间有一道厚厚的土墙分隔。

向旭阳指着土墙说："这个墙是从山下一直修上来的，以前，过墙的西边去必须穿上厚厚的防护服，戴上专门的帽子口罩，还要穿上专门的防护鞋袜，进去就感觉像是去见阎王。现在，有了特效药，麻风病治得好，才不怕了。"

这道延伸几千米的围墙，足有两米多高，虽然已经有些凋败，但它森然的气势仍在，让人感受得到当年的肃杀和悲壮。

当年，它，就是一道抵挡病魔的盾牌。

带着几分忐忑，越过那道厚厚的围墙，在山路上穿行了大约20 分钟，我们进入到了患者生活区。十多名麻风病患者，有的拄着双拐，有的互相搀扶着，还有一个由同伴背着，全从房里出来了，远远地看着我们。

何满昌说：他们从来没有看到这么多生人进来过。

走近他们，天啊！我不忍直视，看一眼旁边的马伦贵局长，他已是双眼湿润。

这群人，每一张脸都被麻风杆菌侵蚀得变了形，有四五个人鼻凹陷了，眉毛没有了，口眼鼻挤在一起，四肢流着脓水，身上发出难闻的气味，还有的手指、脚趾已经没了……我的心里一阵阵发紧，本能地直往后退，想和他们保持距离。

何满昌和另一名医生谭仕松却自然地走到病人中间，一会儿轻轻抬起病人的手，一会儿掰开病人的脚，熟练地贴近身子，边问边调整他们手脚的角度。

这一切发生得很自然，看得出村民对老何他们不但信任还很依赖。

趁着村民齐聚的机会，马局长和民政局的工作人员赶紧发放带来的米、油，还有被子。收到礼物，没有掌声，20 多年的孤独生活，他们也许已经忘记了鼓掌一类热烈的表达方式，但他们的眼神，他们微微颤抖着的身体，却分明写着“感激”两个大字。

走进他们的房间，还算干净。一架木床、一张木桌、一口木箱是标配。这里没有电，除了手电筒，再没有任何电器。

20 世纪 70 年代末，这群麻风杆菌感染者，从四面八方被紧急转移进来。那个年代，全世界都对麻风病束手无策，得了麻风病，就意味着死亡。

19 世纪的英国对确诊的麻风病人，曾有象征其阳寿已尽的仪式，病人穿着象征死亡的黑袍，站在挖好的墓坑旁听神父做弥撒……可以想象，这群人是在怎样一种绝望和惶恐中被带了进来。

但他们没有想到的是，这里，已经为他们准备了房屋用具，还有医务人员。20 多年来，那道围墙把他们挡在这里。他们同病相怜，守望相助，几名医生 20 多年一直守护着他们。

晚上，我决定留宿麻风村。

三

何满昌的家有两间屋，外头是伙房，柴火灶上放一口黢黑的

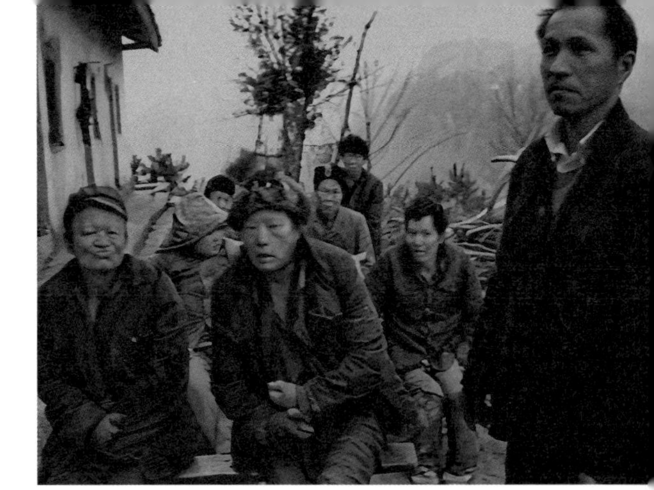

麻风病院院长何满昌和麻风病人几十年都在一起，
怎么都看不出他医生的模样

大铁锅，烟道从灶台一直伸到房顶，灶台边堆着些柴草。

一口青石水缸，缸已见底。他歉意地对我说：“黎记者，要煮饭，家里没水了，我去挑桶水回来。”我问：“有多远？”他回说：“有一跑跑路（方言，意为距离不远）。”说完麻利地取出两个水桶挂在扁担上，出门顺着一条弯弯的山路越走越远。

简单吃过晚餐后，天色已暗。雨后的天空很澈亮，房子的周围一片死寂，静得让人心里发虚。20 多年待在这个封闭的山林中，那是怎样的孤独和艰辛。

走进何满昌的寝室，一张简单的木床挂着一顶泛黄的蚊帐，很乡土的红色碎花棉被很随意地叠着。

屋的正墙中央，整整一面墙就只贴着一张普通白纸，上面用毛笔写着“有理想、有道德、守纪律”。字歪歪扭扭，但看得出，一笔一画，很是用心，估计是何满昌的手笔。

它放的位置，足见它在主人心中的分量。

靠近窗户的地方摆着一张斑斑驳驳的办公桌，何满昌走近桌前，掏出火柴点亮桌上的煤油灯，昏黄的光亮下，何满昌开始讲述。

“我们山上三个医生都是共产党员。医院是 1972 年开始建的，1978 年正式收病人。我就是 1978 年来的，当时，川东地区冒出来的麻风病人比较多。这个病，以前是不治之症，也找不到原因，出现病人的地方，人人自危。为了防止大面积传染，政府就把病人安排到人烟稀少的地方隔离。我们这个医院建好后一直收病人，医生不好找，不愿来，到这里就要一辈子待在山上。没得办法，就向部队求助。我当时在西藏军区当兵，一天组织上找到我，很急，说要我回地方去麻风病院工作。我听说过麻风病，小的时候，有的大人吓娃儿就喊：‘麻风病来了！’吓得娃儿大哭。虽然害怕，但我觉得自己是一名军人，还是表态说服从组织安排。”

说着，何满昌从抽屉中的一个笔记本里翻出一张一寸的黑白照片，那是年轻时的他。他递过照片：“你看嘛，当时很年轻。一晃 20 多年了。”

我问：“20 多年你一直在这里吗？”

他说：“是啊！才来的时候，压力大。病人最多的时候有六七十个，我们医生和管理人员加在一起不过 3 个人，不但要负责治疗，还要负责物质保障和日常管理。在 20 世纪 70—80 年代，麻风病对于我们来说是没法治愈的，病人残脚断手的，看起都造孽。他们很绝望，我们也没得办法，心头难受。今天上午看到的年龄最大的那个，来的时候不吃饭，哭，我们就做工作，慢慢喂，他好长时间才缓过来。”

何满昌陷入深深的回忆中，他收好手中的照片，接着说：“我们的任务，一是把病人管好，不让他们乱跑，一旦跑出去，要引起周围恐慌。再就是进行治疗，尽量控制他们的病情发展，每周二、四、六是治疗时间，大热天我们都得全副武装，捂起难受得很。麻风病人有溃烂，气味很难闻。最初我们闻到作呕，几顿都吃不下饭。我们的老院长刘玉林，在给病人清理脓液的时候不小心把脓液弄到眼睛里去了，也被感染，脸上还出现了红斑。现在看来幸好当时对这些病人坚持治疗，一直等，前些年终于等到联合化疗方法出现，现在治疗麻风病已经不是啥子难事了，就是治疗周期长。要说，我们这几个医生，除了老院长，都是军人，顶多干过卫生员，全靠努力学，现在不仅通过考试还取得了技术职称。”

经过一天的观察采访，我感觉这里的人不但承受着治疗疾病的巨大压力，更多的还要承受社会偏见的重击。

我把这个问题提给何满昌，兴许是经历这方面的事情太多，他很平静，好像是自言自语又好像是对我讲：“不就是别个瞧不起嘛！那些亲戚朋友听说我是麻风病院的，好多都不跟我往来，他们怕，还觉得干这个丢人。我很少下山回家，怕麻烦。有一年冬天，我去万县沙河子办事，晚上去住那个红星旅馆，那个时候住宿要介绍信，我拿出来，盖的章是‘鱼背山麻风病院基建领导小组’，人家一看死活不让我住，我只好在马路边上坐了一晚。为了避免这些事，我们医院改了四次名。有一年，河下游有个单位不晓得唧个晓得了山上有个麻风病院，说是麻风病人把尿屙到河里会传染，反映强烈得很……”

四

夜已很深，煤油灯油已快燃尽，光越来越暗，我感觉到，正慢慢走进何满昌的内心。但何满昌突然说不想再谈，他是不想再撩出内心累累的伤痛。末了，何满昌冲口而出一句话：“都是革命工作，反正要有人去干。”

这句话让我一下就明白了何满昌和他的同伴，孤独守望麻风村 20 多年背后的思想动因和行为逻辑。

麻风村，是一个特殊的社会空间，它是医院又不是医院。一群绝望的病人，惊惶地来到这里，由于他们疾病的特殊性，20 多年一群人只能生活在这方小小的山脊上，每天看的是同一片天，望的就是那几片熟悉的林，夜晚，除了星星月亮再没有其他的光亮。他们渴望外面的世界，但却不能跨出给他们划定的边界。几名医生是他们与外界联系的唯一纽带，也是他们活下去的最大保障。他们相依为命，孤独地守望在这片山林间。

奇迹发生了，这群麻风病人，在这里没有自灭，他们中的有些人不但活着，还回归了社会。

在 3000 年的中国麻风病史中，麻风病人从来都摆脱不了“活死人”的宿命。初唐四杰之一的卢照邻不幸感染麻风恶疾，退避太白山中，还求助药王孙思邈，无奈，药王也无力回天。随着病情加剧，卢照邻手脚残废，不堪折磨，一代才子投颍河自尽。

1996 年春，我再访麻风村，这里的 9 名病人已经全部治愈，开始新的生活。

走进村里，一片菜地绿油油的，一群小鸡欢快地在地里觅食，曾经的患者吴天贵正满脸带笑地提着一桶猪食喂他的大白猪。

同行的何满昌告诉我，在他的撮合下，老吴喜事连连，与病友江长珍结为夫妻，几年前还收养了一个小女孩，取名吴继林。我扭头一看，一个活泼的小女孩正追着小鸡欢跑而来。

在麻风村，危难时刻，总能看到共产党员挺身而出的身影。

我们中华民族从来都不缺甘于奉献，勇于担当的人。他们吃苦、他们坚守，有时还不得不在责难、委屈中悄悄流泪。

他们中的大多数人都淹没在历史的尘烟中，就像麻风村那几名鲜为人知的普通党员一样。

神秘的诱惑

长江冲入夔门，八公里后便出了门，瞿塘峡口右手边，是著名古镇大溪。这里发现的大量距今五六千年的红陶和遗存，让它有了一个响当当的名字“大溪文化”。讲中华文明史，“大溪文化”是象征之一。大溪古镇边上，一条由南向北的小河缓缓在瞿塘峡口注入长江，沿着这条小河一路南行，方圆百十公里内，发现过 200 万年前古人类留下的一颗牙，人类学家由此坚信，这里是亚洲人类的起源地。而在这一区域的核心地带——奉节兴隆镇，更是密布着数不清的天坑和弄不明的洞穴，无数让人毛骨悚然又真假难辨的传说，让这里变得神秘莫测。

神秘是一种诱惑，20 世纪 90 年代，一双又一双的黑眼睛蓝眼睛聚焦到这里。90 年代中期，世界第一大天坑、世界第一大地缝在这里被发现。

1999 年夏天，清楚记得是 8 月 1 号那天，我从万州电视台调到万州区委宣传部上班的第一天便接到任务，前往奉节兴隆镇拍摄法国远征洞穴探险队的探险活动。

法国远征洞穴探险队是世界洞穴探险的劲旅，他们在阿尔卑斯山发现了世界最大的洞穴。队长易卜斯，留着同马克思一样的大胡子，总是露着微笑，他带着 14 名队员，其中有 4 对夫妻，他们中有的还是兄弟和妯娌。队伍成员，有的是工程师，有的是普通职员，还有教授、学者……探险，不是他们的职业，是共同的爱好把他们集合在了一起。准确地讲，他们是一支业余的队伍，但具有非常专业的能力。他们装备了当时最先进的洞穴探险仪、定位仪和大量专业探险装备。他们分工明确，配合默契，干活时一丝不苟，闲暇时又有着典型的法国人的浪漫。

消失的河流

远征队为这次探险做了足足三年的准备，这次前来，便直奔龙桥河地区。这一地区河流众多，洞穴密布。

龙桥河是当地比较有名的一条河流，河水在高山深谷中奔流，进入龙桥洞，水流一下子平静了下来。龙桥洞的洞口极像哥特式建筑的大门，尖顶，足有 20 多米高、10 多米宽。队员们蹚着水一步一步走进洞中，从洞里往外看，清澈的水面，升起缥缥缈缈的薄雾，阳光从洞外投入，照在水面上，闪着粼粼波光。队员的身影在雾中移动，影影绰绰，水面上扭曲的人影，随着波光轻轻晃动，流水声和着队员踩水的脚步声，在幽深的洞中回响，悠远而神秘。

河水在洞中流了几公里后，水声越来越弱，最后流入了洞中的洞里，消失得无影无踪。兴隆地区的河流大抵如此，流着流着就消失了。人们只知道河流来自何方，却不知道它去了哪里。整个兴隆地区，地下有一个庞大复杂的水系。当地人说：1976 年，伟人去世的那段日子，兴隆一带地下吼声如雷，多日不绝。专家解释说：兴隆地区在青藏高原隆起之前是海洋，青藏高原剧烈抬升，这里的石灰岩地貌由于水流的侵蚀和切割，发生了改变。地下被水流长期冲刷，发生垮塌形成了漏斗，这就是我们常说的天坑，而被流水切割的就形成了地缝。地底发出的吼声，可能是由于地下水的长期作用或者地震等原因造成的地下洞穴垮塌声。

为了弄清龙桥河的流向，探险队在河水中投放了一种专用的染色剂，并在可能的流出地进行跟踪，最远甚至跑到了旁边的湖北，但最终一无所获。

龙桥河的去向成谜，但探险队还是在龙桥洞中有了意外的惊喜。在进入洞里 9000 多米处，一个洞厅出现，这里地面平整，几个一到两米见方的土台出现在我们的眼前，土台上都有一个规则的半圆坑，坑里有明显的用火痕迹。通过旁边的一个小洞钻过去，又发现了几个直径近两米的土坑。法方专家一头雾水，而中方专家在土坑周围找到了大量硝土。硝，是中国古代制作火药的主要原料。经过查阅相关资料和走访，中方专家得出结论，这是一百多年前土法熬硝留下的遗迹。当地人进入洞中，就地取土加水浸泡，然后放在铁锅中熬煮，让硝结晶析出。法方专家觉得不可思议：我们今天依靠先进的探险设备，进入洞穴深处都比较吃力，百余年前的中国人，打着火把就深入到了洞里 10 来公里的地方，还在里面进行生产加工活动，他们是怎么做到的？法方队长易卜斯说：“严格讲这个洞是中国人发现的。”

遇险三眼洞

在当地村民的指引下，我们在一个山腰上找到了一个洞，当地人称“三眼洞”，据说是因为有三个洞口而得名。我们去的洞口大小不足一平方，一个人进出都有些憋屈，尽管是夏天，但洞口凉气袭人，风很大。队长易卜斯看了看，得出结论：这是一个大洞。

队员们换上洞穴探险的防水衣裤，戴上头盔，头盔上一盏电石灯用软管连着一个装着电石的小塑料筒，进入洞穴前，给小筒里加水，电石遇水立即产生化学反应，释放出可供电石灯燃烧的气体。我好奇地问，为什么不用电瓶灯呢？专家告诉我：在有的洞穴中氧气含量很低，电石灯如果缺氧，亮度会变得微弱，这个变化就相当于向我们报警，而电瓶灯则不会反映出含氧量的变化。

五名队员鱼贯而入，我们守在洞口。两个多小时后，五十多岁的老队员罗贝克疲惫地从洞口爬了出来，他告诉我们，这个洞很古老，也太复杂，大洞套小洞，支洞很多，他们带着洞穴探险仪都迷路了。说完一头倒在洞口的泥地上呼呼睡着了。

第二天，探险队决定再探“三眼洞”，我没有电石灯，但我想拍到探险的精彩画面，于是要求进洞。我的探险装备只有一盏电瓶灯，一件冲锋衣，一双登山鞋。法方摄影师莫易斯见我要进洞，很惊讶，他说：有危险。我恳求说：让我去看看吧！

我们八个人依次而入。

洞里没有路，也没有千奇百怪的钟乳石，一路全是破碎的石块。专家说钟乳石洞历史其实没有眼前的洞穴古老。我们沿着一个满是石块的斜坡匍匐下行，一直向下，越走，洞越宽敞。走了大约 40 多分钟，里面出现了几个支洞，迷宫一样，队员们显得紧张又兴奋。我们一行小心翼翼地向前探行，走着走着突然听到了流水声，循着水声过去，一条暗河出现了，水清澈透亮，沿着洞壁冲出了一道河槽，顺着流水继续向前，前面出现一个断崖，水顺着崖壁飞流直下。成都理工大学教授万新南与法方专家来到岩壁边进行测量，各种仪器开始工作，一阵忙碌，初步研判，这是一个极有研究价值的大洞，洞穴结构就像是一栋楼房，至少有三层。每一层都是一个年代不同的地质层。法方队员决定休息一会儿，补充能量之后顺着水流下到崖底。

我因为没有装备，也没有绝壁攀缘的技术，决定回地面。我和当地一名工作人员带着两盏电瓶灯开始往回走。现在回想起来，真是无知者无畏。

一开始，凭着记忆我们还大概能找到回路，时间一长，记忆越来越模糊，感觉越走越陌生。一个半小时过去了，好像越走越迷糊，黑暗中，我们找不到参照物，感觉周围的石块和洞壁越来越没有辨识度。时间一分一秒地流逝，电瓶灯的光亮开始变得昏黄，我的心也越来越乱，同伴最早开始崩溃，他不停念叨着：“啷个办？！啷个办？！”到后来竟发狂地喊叫起来，那声音撕心裂肺的。电瓶灯最后的一丝光亮完全熄灭了，我一下子感觉生的希望也熄灭了。我们不知道下一步怎么办，也不知道结果会怎样，真正的伸手不见五指，手即使放在眼前，也看不到手的样子。我俩彼此也看不见对方。洞里除了我们俩发出的声音，再没有一丁点声响。黑暗和死寂，产生巨大的压迫感和恐惧感，我感觉黑暗中随时会冲出一群面目狰狞的鬼怪，张着血盆大口。没有光，我们无法进行任何自救行动，寸步难行。我的身体开始战栗，亲人、好友在脑海里闪现，我使劲地张大嘴，瞪大眼，想要听到声音，想要看到救援的人……在洞穴深处，我感受到了什么叫绝望，什么叫死寂，什么叫黑暗。我们俩背靠着背，无力地瘫坐在地上，时间好像凝固了，同伴一直在哭泣，我紧紧地握着他的手。

在死寂、极黑暗的状态下，哪怕是一根针落地，一毫秒的光亮闪现，都能让人感知。现在回想，我都不知道究竟过了多长时间。终于，远远地、远远地，一丝光亮出现了，我俩一下从地上蹦了起来，使出洪荒之力呼喊……

原来，我们走后，那位细心的法国摄影师莫易斯意识到我俩可能出现危险，他带上设备一路寻了出来……

手，紧紧握在一起，当时我想哭，莫易斯大叔看着我俩，没有太多的话语，只是友善地点点头，他稀疏的卷发，硕大的鼻翼，有力的双手，刻在了我的记忆中。救命之恩啊！莫易斯，不知你现在何处，二十多年了！我很想见见你，我要感谢你！

这段探险的传奇，让我的人生有了一段深深的记忆，但当时没有美好，只有恐怖。

走进龙桥洞的洞口，波光粼粼，
水雾缥缈，感觉很梦幻

我们对“三眼洞”的探索没有停止，三天后，从发现的崖壁上溜索而下，顺着流水往前，水流进入一个落水洞，队员们使用潜水设备从落水洞中成功进入了下一个地质层。地下河在第三层突然消失，探寻工作一时陷入困境，好在经过反复的讨论和计算，在结束本次探险的最后一天，探险队决定四探三眼洞。经过四个多小时的寻找，终于在地下9000米处，匍匐爬过一个狭窄的石缝，哗哗的流水声响起，三眼洞的第四层找到了。洞中的潺潺流水，悬泉飞瀑，美轮美奂。

探寻的过程，一波三折。可以说对“三眼洞”的探险，是对未知洞穴世界的一次大胆求证，是一次经典的发现之旅。当然对我个人来说，却是一次恐怖之旅。返回的路上，快乐的法国人唱起了欢快的歌。

老熊槽的传说

老熊槽是一个天坑，直径估计有一百多米，从上往下看，黑森森的，深不可测。天坑绝壁的中央有一个山洞，当地人传说，过去有个猎人打伤了一头黑熊，一路追到坑里，再也没有出来，由此得名“老熊槽”。当地人说，过去，土匪抢了金银财宝，就放在这个洞里，里面还有一把金椅子。尽管有金银财宝和金椅子的诱惑，可当地人谁也没有进去过，不是不想，是太难。

在兴隆地区，天坑和洞穴一直是个神秘又让人无限遐想的地方。封建家族私刑杀人，最具震慑力的就是绑了扔到天坑里；土匪灭口，一把推到天坑里，干净又利索；男女私情，奸夫谋杀亲夫，趁其不备，弄下天坑，然后伪造一个失足坠坑的假象，算是自圆其说。世世代代，这天坑里掩藏了太多的罪恶和秘密。山洞的幽深和黑暗，也让传说变得更神秘。

我把摄像机架在山洞对面的坑沿处，下洞考察的是克里兄弟。下午一点，兄弟俩做好准备，因为要下绝壁，他们带的装备比较多，除了穿上探险服，戴上头盔，还带了一个大桶包，里面装满绳索和攀岩用具。兄弟俩分头在绝壁上用随身带的电冲击钻打孔，然后钉上膨胀螺钉，在螺钉上面装上专用金属扣件，再将绳索置入，升降时就拉动手上的绳，手停，绳止，很轻松，升降自如，但要一段一段以接力的方式安装升降绳。这在20世纪90年代，真是黑科技，几百米的绝壁升降，就这样轻松解决了。但我还是有些惴惴不安，总担心钉在绝壁上的挂件脱落。我远远地用长焦头盯住克里兄弟，中景，然后徐徐拉开，大全，很震撼，人与绝壁的关系表达得很准确。用了一个多小时，兄弟俩先后进入了绝壁中央的山洞，他们上下的两条绳索静静地挂在崖壁上。见丈夫下行顺利，马丁琳和玛丽克莉妯娌俩，高高兴兴去了周边另一个探险地。

村民们听说有人进了老熊槽，纷纷赶了过来，一二百人挤在坑沿上等待金银财宝和金椅子的消息。时间一点一滴地过去，下午四点多马丁琳妯娌俩回到老熊槽，开初，两人很轻松，五点过，绝壁上的绳索一动不动，妯娌俩开始有些焦急，不停地在坑边向下张望。探险队有个规定，探险中不论有什么重大发现，都必须五点前返回。今天克里兄弟已经下去四个多小时，法方队长和队员、中方队员都赶了过来，商量对策。六点过去，太阳已经落山，天开始转暗，坑里的光线也开始越来越暗，绝壁上的绳索还是一动不动，马丁琳和玛丽克莉站在坑边，死死盯着坑里，沉稳的队长易卜斯也急了，和几名队员商量着准备派人下去。一旦天完全黑了，救援难度很大。我打开摄像机推到绳索的近景，大约 7 点钟，我从摄像机的镜头里看到绳索轻轻动了一下，赶紧扭头喊了一声“动了！”马丁琳和玛丽克莉一下兴奋起来，冲着坑里大喊。克里兄弟终于走出了洞口，马丁琳挥舞着手上的草帽，高兴地唱起了歌。

兄弟俩用了近 30 分钟才升顶，他们很疲惫，没有带出村民们期望的金椅子和金银财宝。哥哥克里告诉我们，这个洞很罕见，他们进洞后用了很大功夫垂直下降了 200 米，然后又发现了两个支洞，进入其中一个支洞，向前探了 500 米，不敢继续……

克里说：“龙桥河的洞穴太有挑战性，我们还想再来……”

我的收获

20 世纪 90 年代，中国开放的大门已经打开，这让我们有机会接触一些外来的文化。

这支探险队带来了当时最新的洞穴探险技术和装备。他们的攀缘、定位技术在当时对国内许多专业人士来说都闻所未闻。就探险这事而言，那个时代的许多中国人是难以理解的，一些人的认识还停留在“吃饱了撑的”的层面。洞穴探险的观念、资金、技术和发达国家根本不在一个层面。正是看到了人家的先进，才让我们知道了差距。现在，国内的洞穴探险设备和水平早已和国际接轨，有的甚至超越了世界先进水平，我们终于由仰望变成了平视，无疑是交流和合作给我们带来了提升的动力和目标。

户外考察，我们过去通常是背点水带点面包之类。有天早上，我吃了点馒头稀粥，就扛着机器跟队出发了。而法国人的食物却是牛肉、生黄瓜、苹果、奶酪，还有当时中国比较流行的旺旺雪饼，人家蛋白质、能量、维生素样样齐全，近三个小时的野外奔波，仍是精神抖擞。我扛着二十多斤重的设备，很快就体力不支，冷汗直流，心慌气短，身边的几位国人，虽没我狼狈，能量也快耗尽。通常这种情况，我们会就近找农户煮点红薯，运气好还能吃上腊肉，但那天，我们去的地方实在太偏，找不到农户，关键时刻，法国人给我们递上几块巧克力，我们几个中方人员赶快一人掰下一块，味都没吃出来就下了肚，心慌一下就缓解了。

对探险的理解，我过去是有很大偏差的，总把探险和不怕死画等号。事实上，探险不是冒险，探险必须以科学为前提。这帮法国人，他们探险，绝不拿生命开玩笑。一次，好不容易找到一个洞穴，但经过评估，他们觉得难度太大，现有装备无法保证安全，于是果断放弃。他们的探险是对未知的探索，他们享受这个过程，干活时一丝不苟，工作之余，轻松快乐。记得一天傍晚，夕阳西下，落日的余晖洒在流淌的河面，劳累一天的探险队员竟然孩子似的和衣扑向水面，夕阳照着他们的金发，勾勒出一幅幅美妙的剪影，溅起的水花和粼粼的波光，把诗意推到了极致，二十多年了，我还时时记起那唯美的画面，耳边还响起他们当年的欢笑。

他们热爱生活，也热爱自然，严格讲是尊重自然，那种尊重是融入骨髓的尊重。在一次外出考察中，一位中方队员见到洞穴中一块落在地上的钟乳石，随手捡起准备带回家，结果原本高高兴兴的法国队员克里一下就黑了脸，他告诉翻译说，石头是上帝给我们人类的礼物，他不能带回家据为己有。这在当时的我看来，是一件小得不能再小的小事。因为石头是中国的，还是自己落下的，并且只有一小块，平日里大家还那么友好，这法国人怎么就让友谊的小船说翻就翻呢！这事我现在想明白了。

艰辛，总有收获

1987年，我在读书，学新闻，总想学有所用，在报上发点东西，可那时我一个新人，要在报纸上哪怕是发几行字都很难。当地只有一张报纸，周五刊，每天四个小版，除去国际新闻版，实际只有三个版。报社自己的记者要出稿，地区单位、十个县的报道组要上稿，典型的"稿多版少"。记得当时这家报纸为提高新闻的时效性，开了个"某某快讯"的一句话新闻专栏，报上留了电话，说是每晚八点开始，欢迎电话投稿。我和一些同学就四处转，一旦发现我们认为有价值的新闻，哪怕是一句话新闻，也是聚在一起字斟句酌地写，晚上八点一到，就迫不及待地拨打电话。电话接通，心咚咚直跳，通常对方一听不是熟悉的人，口气就变得冰凉，拒人千里，有时甚至不等我们把几行字的稿子念完，就挂断了电话。一个新人要出道，真的好难，后来我对新人特别理解，与这段经历有很大关系。

我这个人脸皮不厚，但干事还是比较执着。上不了稿，就琢磨原因，估计一是周围写稿的人太多，抢得厉害，今天叫“内卷”；二是我们新人不知根不知底，万一你胡编乱造，还不把人家编辑的饭碗砸了，用稿有风险。如果我去人家不愿去的地方采稿，也许就有发稿的机会。

什么地方边远呢？当时的城口无疑最边远。去一趟要坐两天的车。一到冬天大雪封山，就与世隔绝。

当时人年轻，胆肥，记得是十一月份，我坐了一辆一路哐哐当当喘着粗气的破客车就出发了。天不亮出发，过梁平、开江、任市，穿达县（今达州市达川区），经宣汉，直到天黑才到达万源，土路颠簸，山道弯弯，一路车上都有人呕吐，弄得汽车里外都是呕吐物。到达万源，感觉骨头都快散架，脚也肿了，还一身的尘土。第二天，天不亮又出发，翻越最难行的万源八台山，海拔3000多米，上山的盘山公路，曲曲弯弯，汽车一路鸣笛龟速前行。车窗外没有人家，偶尔有一两棵光秃秃的老树渐行渐远，天空阴沉沉的，山色灰暗，有一种走向苦难的悲壮感。下午天快黑的时候，终于到达城口县城。

当时整个中国都穷，但城口的穷仍超出了我的想象，房子不多，瓦屋顶，黄泥巴墙体包着白色的石灰墙面，当地人称银包金。沿河的岸边，还有一排棍棒支撑的吊脚楼。城里很清冷，几条小街，行人不多，车辆少见，晚上七八点钟，街上已是关门闭户，黑黢黢的……

这里平常少有外边的人光顾，看到生面孔，许多当地人会好奇地看你。

我经人介绍找到了县广播局的覃老师，覃老师很热情，把我安排到他家住。十一月，城口家家户户都开始烤火，晚上安排我睡在一个大大的木架子床上，厚厚的棉被，很暖和。

第二天，覃老师找来他们单位一位姓谢的记者，五十多岁，短发，胖胖的，声音很洪亮。通过和他沟通，我锁定了两个采访对象，一个是湖南矿冶学院的一位姓靳的女工程师，一个是城口鞍乐山电视差转台的工作人员。

城口出产锰矿，为了帮助城口建一座锰粉加工厂，靳工从湖南来到大巴山深处的城口，她戴着一副镜片厚厚的眼镜，穿着件咖色劳动布工装，人很瘦弱。我去的那天，正安装设备，几个工人老是装不到位，她急了，一下钻到机器下面，躺在冰凉的积水中，把我惊呆了……当晚，睡在覃老师家的大木床上，白天采访到的鲜活素材像过电影一样在脑子里闪现，腹稿很快就打好了，题目是《我们的靳工》，以当地人的视角，对靳工真诚的付出表达感动与感谢。稿子寄出不久就在当地报纸刊登出来，这是我人生采写并发表的第一篇通讯。我也初尝了到现场、去一线的甜头。

我后来去鞍乐山差转台采访，可是吃了不少苦。差转台的值机员姓苟，30多岁，脸红扑扑的，待人很和善，下午出发前，他背了个背篼，特意去采购了豆瓣酱、葱花、包白菜和三线肉。我带着相机，一出城，就开始爬坡，路很陡，越往上走路越窄，走到一半的时候，天越来越阴沉，风也越来越刺骨，夹着雪花，越向上风雪越大。渐渐地路已经被雪覆盖，越来越厚，快到山顶的时候，雪已没过膝盖，我紧跟在老苟身后，一步一步奋力前行。突然我一脚踩在雪中，下面没落地，伸手一抓，感觉手一热，一阵刺痛，右手四个手指被一种带锯齿的草（就是传说中让鲁班受启发发明木工锯的鲁班草）整整齐齐拉了一道深深的口子，血一下冒了出来，滴在洁白的积雪上，特别刺眼，我只好紧握拳头，防止血涌出来，手就一直握着，只要一松开手指血就直冒。

上到山顶，这里的工作条件极为艰苦，机房也是生活用房，只有一架小床、一张旧办公桌、几个机柜，相当简陋，房里清冷清冷的。老苟熟练地拿出煤油炉，点燃，屋里弥漫着一股刺鼻的煤油烟味。他熟练地放上铁锅，炒料，加水，然后放入肉片，白菜……一会儿，一锅香喷喷的自制火锅就做好了。怕出血，我右手紧握着，左手夹菜很不方便，但也许是饿了，依旧吃得很香。我俩边吃边聊，老苟告诉我，他已经在这里工作好几年了，这里太艰苦，很多人都不愿来，这里吃的烧的都靠自己从山下背上来，用水就靠接雨水。晚上，这里风很大，像要把房子吹倒，房顶上的天线容易被风刮出问题，山下信号就不好，得马上抢修。遇到下雪下雨天，尤其是晚上，就很危险。这附近，野兽、蛇也多，狼在晚上嚎起来，很恐怖，蛇有时都钻到床上来，但这些年，实现了安全播出……当晚，我俩挤在一张床上，我一夜未眠。

也许是写城口的稿子太少，这趟城口之行，我写了十二篇稿子，全部发表。

我第二次到城口，是 1989 年，作为工作队员到当时的高望

大巴山的云雾让人着迷，每次去都有收获

区白岩乡帮乡扶贫。经过两年的发展，城口的商业较几年前已有些改善，人气稍旺，但交通不改落后面貌，两天的行程一点没有减少，整体记忆仍是要啥没啥。

我扶贫的乡，因是万县地区广播电视局的对口帮扶乡，广电局发挥专业优势，送了份大礼，是一台黑白电视机，在县里很快掀起了一阵波澜。当时没有今天的卫星传输，电视信号全靠地面高山建立的差转台接力，城口因为距四川太远，四川电视台的节目传不过来，倒是因为和陕西很近，陕西台的信号能飘一点过来。所以当年城口人对陕西省的头头脑脑认得溜熟，反而是四川当时的一把手，虽位居中央政治局委员之列，1989 年走在城口的大街上，竟无人识得。由于信号像飘浮的山风，时好时坏，就急得我们看电视的人上蹿下跳，跑上跑下不停地转动室外用竹竿撑起的天线，转天线的人一面转，一面大声喊："啷个样？好些了不？"下面守在电视机前的人一边看着屏幕，一面大声指挥："还转一点……还转一点……"最倒霉的是，乡里是用"小水电"发电，靠白天蓄水，晚上放水发电，白天蓄的水大约在晚上九点放完，常常是正看到要害处，吊在电视机上方的白炽灯泡开始变黄，这是水快放完的信号，灯越来越昏暗，最后只有暗红的灯丝若隐若现，电视画面因电压低，变得扭曲，最后一下就变成黑屏，每到这个时候，现场的人都捶胸顿足，干瞪眼……

城口，冬季一到，到处冰天雪地，干不了活，农民大都在家烤火，乡干部也没啥事干，都回家去了。乡政府就只剩下我和一道去扶贫的郑克勤科长外加乡里的炊事员。郑科长是一位爱学习的人，我俩过段时间就去县城的书店，这里有大量卖不出去的书，价格相当便宜，我们去一次就淘一大包，这段时间我读了不少书算是一大收获。

住在乡里，我们努力给这里的农民办点实事。比如回单位帮忙给乡里要点钱。这里的人长期过着广种薄收的生活，祖祖辈辈的习惯难改，加之这里的人文化程度普遍较低，能写自己名字的都不多，新技术学起来困难。当时外面的地膜育秧、肥球育苗运用很广，农作物产量大幅提高，地膜等农用物资很紧俏，我们帮助乡里搞来贷款，买来地膜等紧俏农用物资，发给农户，但他们死活不要。乡里大量的核桃树不挂果，我们请来农业技术员诊断，发现是虫害所致，急需打药，但农户们却说兑药、喷洒，技术性太强，干不了。这些问题看似简单，但解决起来难度不小，需要一户一策逐一解决。在和农民打交道的过程中，培养了我对农民的感情，也让我对基层有了深入的了解，在艰苦的环境中磨炼，对人的成长是一堂必修课。

在基层，你能看到你在办公室看不到的景，碰到你在办公室遇不上的人，只要你留心，你就必有所获。

一天，天有些阴沉，曲曲折折的山路上缓缓走来一位老奶奶，她背个竹背篓，走得有些吃力，我见状上去和她打招呼。老人停了下来，她话不多，问一句答一句，交谈中我得知，她老伴去世多年，一年前唯一的儿子也走了。说着说着，我和老人的眼眶都湿润了，当她双手合在胸前，眼望苍天的一瞬，我的心里一抖，按下了快门，焦点没有聚在她的眼上，但虚焦的眸子明亮中透着迷茫，歪打正着。这是我最喜欢的肖像之一。后来还获得了一个值得骄傲的奖项。

现在的城口高楼林立，网络发达，故地重游，我感慨万千。今天这里的人再也遇不上我们当年的那些糗事，当然也就没有我们过来人所独有的幸福感和获得感！如果非要说点感悟，那就是：到艰苦的地方，总有所获。

肩扛一栋楼

我是20世纪80年代中期进入电视台工作的，在地级小台。但那个年代，即使是地级小台，电视记者也是一个很前卫的职业，主要是肩上扛着的那个摄像机，太稀罕。

我去电视台报到，领导让我和另一个记者搭档。那个老兄比我早一个月报到，自然先摸摄像机，但这老兄支支吾吾的，总不告诉我摄像机怎么使用，每次开机都背着身子，让我很无语。好在我摸相机多年，摄影与摄像相通之处甚多，上手也很快。

当时电视台最好的摄像机是索尼1820，那机器既笨重又复杂，还不是CCD成像，拍出来的人脸大都一副猪肝色，画面质量还不及现在的手机。而且摄录分离，大大的背包机（录像机）用一根电缆和摄像机连着使，机器的电池一块至少都是三四斤重，录机装两块、摄机挂一块，整套机器估摸着得有五六十斤。老局长常常谆谆告诫我们："宁愿把腿杆儿摔断，也不要把摄像机摔坏，腿杆儿断了，最多两千块钱医得好，这个机器，一二十万，同志

这四十来年，电视录制由磁带到磁卡，由模拟到数字，我都经历了。这是二十世纪八十年代中期电视记者的工作状态

们啦！你们肩上相当于扛着一栋楼！”听了老局长的话，我们顿觉肩头沉甸甸的。

当时不知是因为人年轻，还是巨大的职业荣誉感支撑着，几十斤的设备一扛一两小时，居然不觉得太累。在人多的地方扛，尤其不累。

索尼1820机不但重，操作还麻烦。换一个场景都要对着一张白纸调一次色温。一次，一同事去拍摄一项重要活动，一会儿室外一会儿室内，场景不断变换，慌乱中，忘了校色温，拍摄时摄像机的监视画面又是黑白的，看不出色彩，这位老兄一通猛拍，回到台里编片，傻眼了！把室内拍得像“地狱”，画面幽蓝幽蓝的。

那机器色彩校正复杂，照度还要求高，通俗地说就是拍摄时亮度要求高，光线稍微暗一点，都得打灯。通常我们都带碘钨灯，单盏1300瓦，双联2600瓦。拖着长长的电线。重要大会，碘钨灯一开，亮晃晃一片，打瞌睡的、开小会的，戛然而止。那灯实在太亮，照得人一脸死白，灯照不着的地方又一片漆黑。但感觉当时的人都很喜欢拍电视，有时打电话联系采访，听说电视台要去，电话里都听得出对方激动得声音发抖。开大会时碘钨灯亮不亮，有没有摄像机在现场，是会议重不重要的标志。有时，电视台记者迟到，会议主办方也不生气，等！有时由于碘钨灯功率太高，烧了会场的电路保险，会场一片黑，会议就不得不停下来，这在当年是常有的事。

摄录分离的摄像设备，按规程，至少需要三人一组。一人摄像，一人背录像机，一人写稿，最初我们台里也是按这个要求配备人员，但实际操作中遇到诸多问题。人手不够，财力不足。一块儿出去采访，背录像机的往往被人轻看，大庭广众之下有些抬不起头，大家都抢着扛摄像机，加上扛摄像机的和背录像机的步调难以一致，扛摄像机的跑快了，背录像机的没跟上；扛摄像机的走得慢，背录像机的腿脚快，连接摄像机和录像机的电缆就容易折断。

好在当时拍电视很稀罕，电视记者受欢迎。很多被采访的单位会派车派人，全力配合。背录像机一类的苦活儿，通常就由被采访单位的人承担了。后来，我们台除了重要活动，外出采访干脆就只派一个人。一个人的电视拍摄，在城区周边或者有人帮忙的情况下，问题不大，下基层就很麻烦。越是走得远，磁带、电池带得越多。当时一盒四分之三的磁带相当于一本1000多页码的书籍那么大，却只能拍20分钟。我们下一次县，至少得带10盒，电池三个一组，至少带两组，充电器又大又沉但必不可少。摄机、录机、充电器、电池、灯光、电源线、磁带一大堆。拍电视，地地道道是个力气活儿。

那个时候许多基层电视台拍出来的电视新闻，画面大同小异，同期声说得不痛不痒，就是电池不够，磁带不足啊！现在录个访谈动辄就是一两小时，然后挑个几句出来用，能不说到点上吗？我现在整理影像资料，常常不忍回看以前拍的视频，画面摇摇晃晃的。什么原因？全是肩扛拍摄，摄像机没上脚架！

当年设备的笨重，留下许多刻骨铭心的记忆。

记得一次随当时地区的一位领导去奉节。车行至云阳南溪，听说前一晚当地发生了严重的冰雹灾害。于是领导决定下车查看灾情。当时没有手机，联系不上当地政府。我们一行就直奔灾区。五六公里山路，几十斤重的设备，我一个人一直扛在肩上，一边走还得一边拍，走到村里，我冷汗直流，心慌得厉害！同行的人也顾不上我，村里的惨状把大家都惊呆了。家家户户的屋顶，瓦片全被冰雹打碎，虽然过了一整夜，落在地上的雹子还有鸡蛋那么大。一位农民哭着告诉我们，他昨晚顶着一口煮饭的铁锅才免于被砸伤。他家的屋顶只剩下一排排木椽，已没有一块完好的瓦片，家里灶台、床上全是屋顶落下的碎瓦。跑前跑后地拍了一个多小时，感觉双肩和腿越来越酸软，身上的肌肉抖得厉害，我一屁股坐在地上，一动都不想动。直到同行的人越走越远，我才吃力地站起来，左肩挎上录像机，右手提起摄像机，咬咬牙，奋力往前追，一路走走停停，踉踉跄跄的，一路都盼着有人搭把手！

好不容易赶到公路边，前面的人已经全部上车，就等我一个人。我上车的那一刻，一车人齐刷刷地都看着我。表情各异，有的很同情，有的很抱怨，有的不理解……我狼狈又有些不好意思地赶紧走到中巴车的最后一排，放下机器就瘫软在座位上。

汽车启动前行，时间已是下午两点，全车的人都饥肠辘辘，工作人员商量着找地儿吃饭。汽车大约开出几百米，一群村民拦住了去路。他们是一群受灾群众，知道地区领导来看灾情，以为看了的地方才有补助，所以执意要求我们一行去他们村看看。工作人员下车一再解释，拦路的村民却越说越激动，车上的带队领导见状赶紧走下车，对工作人员摆摆手说："不说了，我们去看看。"听闻此言，我在车上暗暗叫苦，但还得去。

拿上机器，跟着村民沿着山路往前走，路很崎岖，我的体力几近极限，腿像灌了铅似的，同行的一位工作人员实在看不下去了，说：“来，我帮你拿一样！”我感激地把录像机交给他。好在村子不太远，到了现场，我千恩万谢地拿回录像机，继续拍摄。刚拍几分钟，摄像机电池就开始报警，红灯不停地闪烁，几分钟后，机器罢工了！

等我们一行人赶到南溪街上的时候，已经是下午四点了，大家都粒米未沾。来到一家路边小食店，店主人用洗脸盆煮了满满一盆肉丝面，端上桌，几分钟就见了底，再端来一盆，又是风卷残云。

这次采访，因为设备的沉重，我饱尝饥饿疲惫的艰辛。20世纪80年代末90年代初，跑基层的电视记者或多或少都有一些类似的经历。

90年代中期，一种新的摄像机型出现，就是摄录一体机。重量轻了一大半，画面质量反而更好。磁带虽然小了一半，拍摄时长却增了二分之一。当时万州区委宣传部就有台索尼 Beitacam 摄录一体机，让我好生艳羡。后来这台机器成了我的亲密伙伴，我1999年8月1日调万州区委宣传部工作，上班第一天就带着那台机器去了奉节的天坑地缝拍摄，用惯了摄录分体的机器，用上摄录一体机，说不出的轻松加愉快。

我对那台索尼 Beitacam 摄像机爱不释手，用它留下了许多珍贵的影像。

扛着那台索尼 Beitacam 摄像机，我攀缘在下庄村的悬崖绝壁上，拍下了下庄人开凿天路的珍贵画面，成为经典。

扛着那台索尼 Beitacam 摄像机，我夜宿移民村，记录了三峡移民泪别家园的动人场景，为史诗般的历史事件留影。

扛着那台索尼 Beitacam 摄像机，我奔波在三峡库区，记录下三峡老城最后的容颜，为历史留证。

扛着那台索尼 Beitacam 摄像机，我含着热泪，拍摄三峡蓄水，江水缓缓升起，故园淹没的历史性时刻……

现在还记得，一次乡间拍摄，春花盛开的季节，美丽的场景让我着迷。我盯着摄像机的寻像器，全然没有注意身后一个草丛掩着的污水坑，拍着拍着猛一后退，一个仰翻叉倒进污水坑，危急时刻双手竟本能地把摄像机举得高高的。全身湿透了，一身浊味儿，机器却安然无恙。算是以实际行动实践了一回老局长的教诲。

当时是个乍暖还寒的季节，湿了身，冷得很，赶紧回招待所。同行几位美女同事赶紧忙碌起来，有的负责洗衣、有的负责烘烤，我戏称她们是“某某牌洗衣机”“某某牌烘干机”。“黎延奎掉粪坑”的故事在朋友圈还很风传了一阵。

摄影师对摄影机的热爱是骨子里的。我到重庆工作时，和用人单位的同志第一次见面，对方说：“我们的设备不错，Dvcam 机和 DVW 数字机都有”，我一听就动了心。

报到第一天，开箱了那台崭新的 Dvcam 摄像机。

四十年，影像技术发生了难以置信的质变。一路走来，从小二分之一机入行，大二分之一、四分之三、DV、Beitacam、Dvcam、DVW……前前后后，我用过的摄像机型近二十种，从模拟到数字，从标清到高清再到超高清、4K、8K……存储介质由磁带到光盘再到存储卡，真是神奇，以前背一大箱磁带，拍摄量还顶不上现在一个几厘米的存储卡。航拍，曾是天花板级的高难度拍摄，技术复杂，靠天吃饭，还投入巨大，现在几千块的无人机就能轻松给你一个上帝的视角。

我算是赶上了一个高速发展的时代，见证了影像技术突飞猛进的每一步。有幸成为较早的电视摄像记者，80 年代，肩上的一台摄像机价值就相当于一栋楼，现在回想，我们扛在肩上的何止是一栋楼，电视记者还在记录历史，肩上扛着的更有沉甸甸的责任。

风雪走尖山

天气很热，我正在黄水度假，收到一条微信，说是老魏走了。另一位当年万县地区电视台的老同事说，老魏十多天前还在他苏马荡新装好的度假房中谈笑风生。由此很有些感叹人生无常。

老魏叫魏文喜，我和他已有大约十六七年没见面了。在我的记忆中，老魏中等身材，背略扛，皮肤黝黑，因为是油性皮肤，脸上常常闪着油光。老魏经常穿着件普通的圆领白色汗衫，着西装短裤。他文化不算高，但对一些社会关心的热点问题，爱议论，遇有不平事，会仗义执言。虽是军人出身，但做事不紧不慢。

老魏是 1992 年从县级万县市电视台合并到地区电视台的驾驶员，开一辆蓝色的小货长安，车只有两个座位——驾驶位和副驾位。车的后面带一小货箱，前面拉一个人，后面装摄录设备。车虽不好，但小巧灵活，副驾前面的挡风玻璃下醒目地放了一块有机板做的白底红字“新闻采访”字牌。因为有这个招牌，在那个年代用今天的话说还是很“拉风”，经常都能享受人们崇拜的目光。常常在新闻事件现场，老魏驾着他的货长安一到，围观的人会呼啦啦地自发让开一条道，不断听到有人喊：“电视台的来了！电视台的来了！”老魏很享受这样的感觉，通常他停好车后会帮着记者张罗张罗。

我和老魏有过一次刻骨铭心的远行，时间大约是 1994 年的冬天。老魏驾车送我去奉节采访。在今天看来，开车从万州到奉节不到两个小时车程，全高速，很轻松。但那时却是一次艰难的远行，奉节到万州全是土路。20 世纪 90 年代，万州到奉节，大都选择坐船，通常是头天晚上上船，睡一晚，第二天早上抵达，那时的电视记者工作苦，摄像机与录像机分开，用一根电缆连接，一个电池大约有两斤重，出门一般需要带 4 块以上电池，当时的 3/4 磁带体积很大，相当于 16 开本 1400 页的图书那么大，一盘却只能拍 20 分钟。下一次县一般要带 10 来盘磁带，机器加电池再加磁带、充电器和个人的行李，总共要背六七十斤，如果采访中再带点土特产，就更考验记者的体力。于是有人称我们电视记者是“墨水扁担”，意为既干体力活儿，又干文字工作。

去奉节好像是拍摄一起警察被杀案。去程比较顺利，一早出发，下午四五点钟抵达。第二天上午开庭，当庭宣判，拍摄很顺利，该拍的场景，该采的人物，一一拿下。

那些年，物资不是很丰富，我们通常什么时候到什么地方，都要事先考虑去的地方和时节有什么出产。12 月，正是奉节脐橙成熟的季节，到了奉节，弄点脐橙带回去是必须的。下午开车去奉节脐橙的原产地草堂区，找朋友买了六大竹筐脐橙，把“小长安”

的货箱装得满满的。

第二天返程。虽然行驶在坑坑洼洼弯弯曲曲尘土飞扬的山区公路上，但满载而归的喜悦还是让我们按捺不住地兴奋，一路说笑，一路前行。车过郭家沟，并无异常。再前行约 10 公里，快到公平区的车家坝时，车行缓慢，临近场口，汽车已经排起了长龙，一打听才知道，不到一个小时前，前面不远处的公路垮塌了，只有大车可以勉强通过，我们的“小长安”底盘不高，绝无通过可能。我和老魏连连叹气，直后悔没有早点走，快点开。但我们怎么都没有想到还有更大的磨难在等着我们。

万般无奈，调头。改走奉节竹园经巫溪的尖山区，然后走云阳的沙沱、高阳、小江、南溪，再走万县（今万州区）的铁峰、塘坊返回。这要绕上整整一大圈。所走的路还有大量的重载运煤车，路面被压得坑坑洼洼，行驶起来一跳一跳的。

一路颠簸，赶到奉节竹园已接近下午两点，草草地在路边店吃了点东西，接着赶路。越走天越阴沉，我们的情绪也越来越灰暗，走到巫溪的上磺，车外已经飘起了雪花，越走，路面的积雪越厚，我们的“小长安”长期在市内跑，吃的都是“细粮”，在破烂的山区公路上奔跑有些力不从心，发出哐啷哐啷的声音，仿佛是一位虚弱的老人在沉重地喘息，让我心里一阵阵发紧。等到了巫溪的尖山区，外面已是银装素裹，我长到20多岁，却是很少见过下雪，但我和老魏全无赏雪的兴致，心情和外面的气温一样降到了冰点。

从尖山区下山是最大的考验。这条公路是险出名了的。公路在悬崖峭壁上盘桓，既陡又窄，车轮就在距离悬崖二三十厘米的

一路跋山涉水，只为接近新闻现场

路边飞转，那个年代的公路既没有护栏，也没有石桩之类的防护设施，车窗外是不见底的深壑，在这样的路上驾车，就是在悬崖上跳舞。曾有一位部队军级首长带着警卫驱车驶经此地，驾驶员无论如何不敢继续前行，为了首长的安全，只好把车停在路边。当年没有手机，只好请路过的当地驾驶员带信给巫溪县委，县里接到求援已是三四个小时之后，再派驾驶员赶过来帮忙驾车，又耗去两三个小时，首长和他的随行们在路边足足等了六七个小时。那还是在风和日丽的日子。我们今天遇上大雪，路面结冰，“小长安”的轮胎磨损严重，在冰面上行进，一扭一甩的，一旦滑下悬崖，我们绝无生还可能。好在我们的车拉了几件脐橙，有一定重量，在冰雪路上反而降低了打滑的风险。老魏面对这样的险境，有些惶恐，显然他缺少山区行车尤其是山区冰雪天行车的经验，这次出门准备也不是很充足。他紧紧地抱着方向盘，嘴里不停地嘟哝着：“这啷个办呢？这啷个办呢？”此时的我反而很镇静，一边看着车窗外的状况，一边似懂非懂地看着老魏操作，他说一句“这啷个办”，我就安慰一句“莫着急，慢慢走”。

车在悬崖上缓慢行驶，好在越往下走，雪越来越小，路面越来越干，我们与迷蒙冰冷的雪雾也渐行渐远。视觉由俯瞰深不可测的沟壑，到平视窗外的岩壁，再到仰望身后的大山。不到 5 公里路，足足走了两个多小时，等到驶出出山的路口，眼前现出一条平路，我们都长长地出了一口气，有种死里逃生的感觉。

车在相对平顺的公路上行驶，我们的心情大好，一路讨论刚刚发生的紧张情节。人就是这么奇怪，刚刚还万分恐惧的事情，转眼就成了轻松的谈资。车过沙沱，老魏突然发现汽车的油已不多，但他犯了一个错误，面对一闪而过的加油站没有停车，他大约以为会像市区，走上几公里就有一个加油站。眼望着油表的指针慢慢向左移动，等到快要与最左边的白线重合，我们都还没有看到加油站的影子，我的心随着油表指针向左一点一点地偏移，也一点一点向上提，悬在嗓子眼儿上……

车在驶过小江电站爬上一座山顶后终于无力地趴下了，更要命的是下车一看，车的右后轮瘪了。老魏又急了，反复地查看泄了气的轮胎，捣鼓一阵后突然兴奋起来，快步走向货箱，稀里哗啦地几下把车上的脐橙卸下，猛地揭开车箱的底板，取出了一个备胎。可等老魏费劲地把备胎换上，却发现备胎也是瘪的，他颓然地退后几步，看着胎气不足的车轮，嘴里嘟哝着："麻烦了，麻烦了！"此时，夜色降临，山顶上，冷风飕飕，我们已是饥肠辘辘，环顾四方，一片漆黑……

我们无助地坐在车上，相对无言，期盼着奇迹发生。终于，晚上 10 点多钟，远处隐隐传来汽车的马达声，一缕灯光忽闪忽闪地由远而近，我们俩跳下车站在公路上对着来车使劲挥手。车在我们面前停了下来，是一辆大东风卡车，驾驶员是一位三十来岁的小伙子，很友善。我们忙不迭地向他讲述我们的遭遇，他很快就明白了我们需要什么帮助，利索地拿出东风车打气泵气管，熟练地给我们的车胎充气，看着缓缓充胀起来的车胎，我的心里也充胀起希望。老魏在一边不停地向东风车驾驶员表示谢意，东风驾驶员言语不多，却很实在，还从自己车的油箱里给我们的"小长安”放了些油，然后才开着他的大东风离开。山顶上又恢复了死一样的寂静，为避免再次遭遇爆胎，陷入这前不着村后不着店的窘境，我和老魏决定赶到前面的南溪歇息，待第二天一早补好胎，加足油再走。我们在黑夜里奋力前行，赶到南溪镇时已是凌晨两三点，小街上全都关门闭户，没有一盏灯是亮着的。我们把车停在街边，车的玻璃上一会儿就结起了厚厚的冰霜，尽管我们紧闭车窗，但从缝隙中钻进驾驶室的风还是刺骨的凉，我和老魏都没有穿厚棉衣，冷得瑟瑟发抖。老魏过一阵就把车发动一下，这样发动机会有一点热量散发出来，让我们有一丝丝的温暖，就这样熬到了天亮。补胎的修理工是被我们从被窝里叫起来的，他睡眼惺忪地给我们补好轮胎，我们又赶到镇口加足油，紧绷的神经才轻松下来，车也跑得欢快了许多。

上午十点多钟，“小长安”裹着一身风霜驶到电视台门前，有人告诉我们，万州城里昨天飘雪了，气象部门说是二十多年不遇。

难怪昨晚那么冷，我和老魏相视一笑，这一行真是难忘！

七曜山逸事

重庆人到亲朋家串门，快到饭点，眼见主人捞衣挽袖准备造饭，通常都会说上一句“下碗面就行了！”这一来可以把复杂变得简单，二来现在吃确实不是什么大问题，到别人家蹭饭打牙祭的人实在不多。但二十多年前，在七曜山腹地憨厚老实的农民老杨家里，我却因为这句话，让主人很是为难了一番。

大约是1997年二三月间，刚由重庆代管的万县市（今万州区），正推出一个先进典型——万县市五桥区普子乡党委书记谢茂林。谢茂林是孤儿，20世纪60年代响应上山下乡号召，到苦寒的七曜山区插队落户，因当地百姓对他有救命之恩，在知青返城时，他选择了留下，并与当地农村女子结婚生子，把根扎在了七曜山，并一步步成长为乡党委书记。1996年的夏天，谢茂林出差，为节省经费，他不用乡里的公车，而是天不亮去挤大客车，结果客车翻下河沟，不幸殉职。我去采访时，他已经去世半年多。那个年代，一个边远山区的乡党委书记是留不下什么影像资料的，我们能见到的谢茂林的影像，就是一张他入党时贴在登记表上的一寸黑白标准照。当时去采访的记者较多，重庆市级的、万县本地的，前前后后去了近 20 人，但他们大都在乡政府周边转转，几个“知情人”被一些记者训练得只知道翻来覆去背那几句话。

如何呈现这个人物，让我伤透脑筋。当时听说七曜山顶上住着一家人，户主叫陈诗清，谢茂林为使他家脱贫，曾几次去他家帮助种植烟叶。谢茂林是陈家见到过的最高级别官员。但陈家住的地方不通公路，走路要两天，并且全是陡峭的山路。凭直觉，我知道去陈家肯定有故事，那时年轻，新闻理想很执着，一点没犹豫就决定去。但乡里去过陈家的干部很难找，后来总算找到一个大概知道路的工作人员，我要上山，摄像机、磁带、电池一大堆，一个人是肯定不行的，台上同行的驾驶员冯长青，平日私交不错，答应陪我走一遭。

第二天一早，乡里的一名工作人员带路，我特意脱掉皮鞋，花了 12 块钱在乡里一家代销店买了双帆布的解放鞋穿上。

山路难行，一上路就感受到了，弯弯曲曲，又窄又陡，羊肠小路真是一个绝妙的比喻。但沿途的场景和采访到的人物，却让我兴奋。记得路上碰见了几名赶马人，他们用自己的语言讲述了他们眼里的谢茂林，说他是个“蛮对头的人，看到我们农民都是笑嘻嘻的……”没有排演，直接从生活中抓取的人物和场景，鲜活、真实，有一种拂之不去的张力。我们边走边拍，不知不觉已是下午四点多钟，带路的乡干部告诉我们，不能再走了，前面天黑前沿途再没有人家，只能在前面一姓杨的农民家停下来歇息。

老杨40多岁，瘦瘦的、话不多、头发蓬乱，唇间和下巴的胡须稀稀拉拉，穿着件洗得有点发白、皱皱巴巴的蓝布中山服。他家的房子和另外一家人连在一起，老杨在右边的端头，两家进屋的门都不在中间，而是在内侧相对开着，土坯房，门不大，进屋的一间放了张裂出许多缝隙，还有些斑斑驳驳的小桌，堂屋里侧靠墙摆着一张大约一米二宽的简易木床，床上挂着一顶早已看不出原色是白色的黢黑蚊帐。堂屋靠近入户这头开了一道门，进去是厨房，厨房中比较零乱，用竹木搭了个简易阁楼，上面堆满了枯草。厨房中有一灶台，旁边是火塘。屋里的采光主要靠房门和火塘的光亮。我们一行与主人见过之后就围坐在火塘边烤火。高山人入冬之后，就不怎么干活，大部分时间围在火塘边烤火摆龙门阵，许多人的脸都被柴火熏得黑黢黢的，人也被烤得没了精气神，老杨也不例外。

走进杨家，坐定之后，乡干部客气地问："黎记者吃点啥子？"眼见主人家这般状况，我实在不想给主人添太多麻烦，脱口而出"不麻烦，下碗面就行了！"老杨略微迟疑了一下后说："要得！"随后就起身离开了。二三月间的七曜山，寒风刺骨，刚才因为赶路、拍摄、运动加上精力集中，所以没有感觉到寒意，坐下来后，汗水凉了，上午8点多钟吃的一点东西也早已消耗殆尽，坐在那里连说话的力气都快没了。饥寒交迫，就想着快一点填饱肚子。

等待是一种煎熬，一个小时过去了，还没有见到面条的影子，我有些沉不住气，悄悄地凑近同行的乡干部："怎么面还没有煮好，你让主人家简单点。"乡干部一听有些尴尬，压低嗓音告诉

爬了两天的山，
站在山顶，
感觉值了

我："黎记者，我们七曜山条件好的人家才吃面条，老杨屋头没得面条，他找人借去了。"这是我万万没有想到的。吃面，对城里人来说无疑是最简单最便宜的饮食方式了，没想到在这里却成了难题，这里的农民居然这么贫穷，面条居然都成了他们的"奢侈品"。心里一内疚，饥饿感一下减弱了不少。

大约过了一个半小时，老杨才满头大汗地抱着一把用粗壳纸包着的挂面，面条厚薄宽窄不是很标准，一看就是乡村自制的那种面条。我有些不好意思，老杨却更不好意思。他喃喃地又有些如释重负地说："借到了，借到了！"细细一问，原来老杨为借面足足跑了五公里多山路。

杨家的人因为有面吃，小孩高兴得跑进跑出，老杨的妻子脸涨得通红，显得很兴奋。我来到厨房看煮面。锅被烧得冒了烟，老杨把挂在灶台上的一块腊肉皮取下在烧热的铁锅里熟练地抹了几下，算是放了油，然后掺上水，水烧开后才小心翼翼地放面条，放几根，看一看，再放几根，再后来是一根两根地添加，生怕煮多了浪费，又生怕煮少了不够吃。等到面快煮熟的时候老杨又放了些包白菜和盐。

面条被盛在一个洗都没洗的脸盆里端上了桌。天很冷，面条因为油水太少，凉得很快，散发出一股铁腥味。说实在的，尽管很饿，但这样煮出来的面条，我实在是吃不下，与我同行的驾驶员老冯也没怎么吃。杨家的小女孩一边抹着鼻涕，一边香香地大口吃着……老杨见我们没怎么吃，有些过意不去，一个劲地解释：我们农村人不会弄，你们没吃好。

吃完饭，已是晚上六点多，白天爬山，汗水湿透了内衣，没有洗澡更衣，冷风一吹，不停地打寒战。我们又赶紧围坐到火塘边，湿柴刚开始燃烧的时候烟很大，熏得人直流泪，等柴火一烧旺，又感觉身体前面烤得发烫，背后却是冷冰冰的。围在火塘边我努力找一些话题聊，无奈老杨不怎么健谈，现场火虽然燃得很旺，但我们的对话却没有多少温度。好不容易熬到晚上十一点多，我已经很累了，主人却还没有说怎么安排我们睡觉。好不容易等到老杨去了屋外，我赶紧问同行的乡干部：今晚我们在哪里睡？乡干部指了指外面，我吃惊地望着他：外面？他似乎看透了我的心思顿了一下说：外面是堂屋，是我们山区农民拜客的地方，也是他们最好的地方。要贵客才能享受这样的待遇。我问：那主人到哪里睡呢？

乡干部又指了指背后的阁楼：他们睡上面的草窝子，农村叫“充壳子”，就是人钻到枯草堆里睡觉。

当晚，我和驾驶员老冯还有同行的乡干部三个大男人挤在杨家唯一的一张小床上。床不大，不到一米三。三个人同盖一床厚重的散发出霉味的老棉絮，我个人睡一头，他们两人睡一头。太挤，翻身都困难，盖上被子，还浑身发痒，是藏在棉絮里的跳蚤在疯狂吸食我们的鲜血。睡不着，睁着眼，好不容易迷迷糊糊地有了睡意，却被一阵阵吱吱声搅醒。原来是成群结队的老鼠在屋梁和阁楼的木棒上奔跑撕咬发出的声响，伴着老鼠的打斗声，我再次进入迷迷糊糊的状态，更奇葩的事情发生了，我隐隐约约感到被子上有什么东西在爬行，伸手一抓，竟然逮着个软乎乎的东西，稍稍用力一捏，原来是一只老鼠，忙不迭地赶紧松了手。起身检视，发现蚊帐的两头，一边一个窟窿，我们睡的床是一只老鼠出入的重要通道。我突然有了一个奇怪的想法：要是老鼠有熊猫值钱，这里的人可是发大财了。

这一夜，我再也无法入眠，睁眼看着蚊帐的顶部，想着被逮着的老鼠幸好没有咬我之类的问题，同时提心吊胆地等着老鼠再次光顾，幸运的是老鼠可能受了惊吓，当晚再没有前来。真是难熬的一夜，好在第二天到山顶陈诗清家的采访很出彩，算是对这一天吃苦受难的回报吧！

没有见到主人公的电视采访

多年前，巫溪县靠近陕西镇坪县的地方，有个徐家区，这个镇坪就是前些年闹出个周老虎的地方，你想，能说有老虎出没的地儿，肯定是比较偏远的，老虎胆儿再肥，断不敢在人来人往的地方溜达。我们去徐家是为了拍摄一个人物，名叫吴显才，据说他挣了点钱，就建了个敬老院，把乡里无依无靠的孤寡老人接来，免费管吃管住。在 20 世纪 90 年代初，有能力这么干的人不多，既有能力这么干又愿意这么干的人就更不多。直觉告诉我，这是一个有做头的题材。

记得是个寒冷的冬天，我和当时万县市（今万州区）电视台副台长朱世辉老师、主持人刘萍大姐一行三人赶赴巫溪。当年的巫溪是万县市管辖县中除城口外最边远的一个地方。从万州去巫溪的公路是泥巴碎石铺就的，坑坑洼洼，尘土飞扬，盘绕在大山之上，弯弯曲曲。记忆中早上 7 点多出发，一路颠簸，下午快 5 点才赶到巫溪地界。那个年代，巫溪太边远，上面的人去得不多，县里听说我们去了，特别热情。四五个县领导带着一帮人驶出几十公里接我们。一见面，一群人围上来与我们挨个握手，现在都记得其中一位副书记特别热情，他的手宽大厚实又有力，一把握住，紧紧的，久久不松，感觉现在都还有握痛感。寒暄、礼毕之后继续赶路，一行人天快黑才赶到县城。

我们饥肠辘辘，草草洗漱，便去吃饭。一边吃，我一边想着拍摄的事，忍不住几次问主人：明天我们什么时候出发去徐家？主人怕我们没吃好，几次都客气地回说：放心，都安排了，吃完再说。

晚饭接近尾声，有工作人员走了进来，俯身在一位县领导身边耳语了几句，县领导还没听完就有些尴尬地把目光投向我们一行。我预感到可能与我们的采访有关，果不其然，那位县领导听完后有些不好意思地说：“有些不巧，今天上午我们就给徐家区打了电话，区里专门派人去吴显才家，刚才区里回话说吴显才没在家。”我一听急了：“啥时候回来？”工作人员赶紧补充：“吴显才到外地进货去了，要过几天才回来。”

我的情绪一下降到了冰点，但又不死心，心想：好不容易来一趟巫溪，不能白跑！好在我没喝酒，脑子还清醒，回招待所的路上，电光石火间冒出一个大胆的想法：拍不到就不拍吴显才，干脆以主持人探寻为主线，把相关场景展示出来，在寻找过程中让知情人讲吴显才的故事。把采访过程作为一个叙事过程，以事载人。虽不露面，反而给观众悬念，让人产生想见一面的期待，到节目最后，让主持人到县广播局，调出吴显才的录像，满足观众的期待。我把这一想法讲给同行的两位，她们都说好。

第二天，直奔徐家区的乌龙乡。

路上我就把镜头盯着主持人，开始以她的视觉发现、观察吴显才的故事。快进村时我们提前下了车，一群村民正聚在公路边闲聊，看到我们，特别是摄像机，有些诧异，眼神、肢体语言极其原生。主持人刘萍大姐在巫溪生活多年，当过知青，熟悉了解当地农民，极具亲和力，她不慌不忙地走到村民中，就像是一个普通游客，为了拉近和村民的距离，她选择用方言交流："这里是乌龙？"……"我打听个人，认得到吴显才不？"……村民你一言我一语很快进入了不紧张、不设防的状态，故事就这样出来了。现场，鲜活、流畅、自然……临别时，我们顺着村民的指引（这是一个自然过渡，漂亮转场），找到那栋吴显才专门为老人修建的两层瓦屋。

不期而至，让观众看到了最真实的场景：镜头跟随主持人进入房间，房间干净整洁，十多位孤寡老人，有的围坐在一起烤火聊天，行动不便的躺在床上。主持人自然地坐到老人的床边，帮他们扯一扯被子，摸一摸棉絮的厚薄，看似无意其实有心地聊起了吴显才夫妇的琐事。细节有了，吴显才夫妇的形象随着采访的进行一点点丰满起来。

下午快两点，我们到了吴显才家，一栋砖混小楼房，楼下开了个杂货店，吴显才的妻子黎中兰正看店。吴妻皮肤黝黑，粗眉大眼，言语不多，一看就是个朴实厚道人。也许是饿了，朱世辉老师一见她，就对她说："给你添麻烦了，中午给我们煮点洋芋就行了。"朱老师说的普通话，吴妻听得有些吃力，好在有刘萍"翻译"，总算明白了。等了一个多小时，饭做好了。山里人真是实诚，炒了一大盘洋芋片，焖了一大盆洋芋坨，还有一盘蔬菜和一碟咸菜，居然没有一颗米，实实在在的洋芋饭，完全落实了客人的要求。我一见傻眼了，朱老师是北方人，没有四川农村生活的经历，这没有一粒米的洋芋当饭吃，还没有汤水，她根本咽不下。但我们都知道，主人是厚道人，于是我们一边艰难地吃，一边还直说："好吃！好吃！"就当吃了个哑巴"亏"。

下午，朱老师、主持人和女主人围坐在火盆边，主持人拿着火钳一边帮主人拨弄炭火，一边跟女主人聊，火焰熊熊，映红了她们的脸庞，燃烧的灰烬不时随着火舌飘起，场景极富意趣。拍着拍着，估计距拍摄完成就差两三分钟的时间，摄像机突然红灯不停闪烁，几秒之后就停止工作了。急得我不停地出带装带，开机、关机，关机、开机……鼓捣了好一阵，我颓然地放下了机器，机械故障，没得办法！回想起来，这也算是好事多磨，万般无奈，只好第二天返回 100 多公里外的县城，借来一台小摄像机，完成了最后三分钟的拍摄。

返回县城的路上，一身轻松，记不清是谁讲了个经典笑话，我们一行几人笑得前仰后合，下车后刘萍感觉有一只眼模模糊糊，走起路来深一脚浅一脚。大家群策群力，回忆、分析，最后恍然大悟，原来她“笑掉了一只眼”——欢笑中她的一只隐形眼镜随着喜泪悄悄溜出，被她随手一揉，掉落在了汽车上。

这是一次曲折又愉快的采访，从专业的角度讲，也是一次值得总结、思考的采访。我们要拍一个人，却始终没有见到要拍的这个人，最后还居然拍成功了这个人。那次拍出的那部专题片《乌龙有这样一对夫妻》，在1994年四川省电视节目评选中斩获大奖。当年四川省电视主持人节目大赛设有两个一等奖，四川电视台拿走一个，我们这部片子捧回来一个。

暗访

在我的记忆中，进入 20 世纪 90 年代以后，暗访才成为电视媒体的大杀器。以前干电视的，扛个大机器，想要拍点见不得人的事，难度实在太大。90 年代，电视技术有了一些新的进步，包式、纽扣式、眼镜式、钢笔式等多种密拍设备出现，什么头发酱油，什么注水猪肉，这些一般人想破头都想不出的造假方式居然在电视屏幕上完整地曝光出来，关注度极高。暗访，搞得一些不轨之人心惊肉跳，当年甚至流传一句话，叫“防火防盗防记者”。

90 年代我所在的地级电视台是没得那些高大上的密拍设备的，但暗访我也做，现在回想，还有点成就感。

我的第一次暗访，大约是 1992 年夏天。当时长江沿线城市，乘船是主要的出行方式，重庆到上海段的轮船因夜晚不能过三峡，都必须在万县（今万州区）过夜，天亮后赶到奉节过夔峡。夜泊万县，大量乘船的旅客都喜欢上岸逛逛，顺道买点土特产。改革开放之后，本就有万商之城美誉的万县，顺势形成了全国最早的几个有规模的夜市。临江的胜利路，整个一条街，入夜后摊位连着摊位，盏盏灯光亮起，像黑暗中的珍珠，蜿蜒开去，通宵不眠。

夜市上最受欢迎的土特产品有三峡石、水竹凉席、万县红橘等。很长时间万县人都以夜市为傲，但后来逐渐地夜市里有些鱼龙混杂，原本是一块亮闪闪的金字招牌被抹得失去了光泽，让人既愤慨又有些无奈。原来，夜市上有一些不法商贩在出售商品时动手脚。比如，万县的红橘常用一种柱状的竹篼盛装，大篼十斤、小篼五斤，提着方便。一些不法之徒，在篼子中间或者下面装上石块或者是腐烂的红橘，然后再在上面放上几个漂亮的果子，滥竽充数，旅客高高兴兴买回家，喊来家人朋友一起品尝，打开之后的那个愤怒和尴尬可想而知；还有，在夜市上明明看好选定的是一床做工精致的水竹凉席，回家展开却是一床粗陋的篾席，被骗的顾客虽恨得牙痒痒，但也无可奈何。我感觉通过舆论可以推动这个事情的治理。于是一连去了几次夜市，混在人群中抵近观察，却一无所获。但我发现有几个卖凉席的人行为有些诡异，每次谈好生意都要往一块凑。

一个夏夜，几艘大客轮到达万县港，夜市人流如织，我带了两台摄像机，叫上台里的一个小年轻，让他在那几个可疑的卖席人跟前盯着，我一个人走进夜市管理办公室，告诉工作人员，我是来宣传夜市的，想到他们办公室楼上拍个镜头。他们很配合，我一个人上了楼，走近对着夜市大街的窗口，向下一看，正对着那几个可疑商贩，架好机器。昏黄的路灯下，十来床凉席卷成筒状立在街边，三个商贩站在立起的凉席中间揽生意，一个多小时过去，有几拨顾客问了问就走了，没见异常……大约 9 点 30 分，一中年男性顾客走近，一商贩主动迎上去，手里拿着一床凉席给男顾客比画，镜头推上去看得很清楚，男顾客比较感兴趣，双方开始讨价还价，终于成交，商贩麻利地给男顾客卷好凉席，顾客付钱后离开，还是没见异常。我决定把拍好的视频倒回来看看。第一遍，正常；第二遍，正常；第三遍，终于发现了端倪。在顾客选好凉席之后，旁边一名商贩悄悄靠近，他手里拉过来另一床凉席，在男顾客扭头一望的一瞬间，大概只有零点几秒的时间，两名商贩将手里的凉席滑向对方完成调换。我一阵兴奋，赶紧跑下楼，把盯在下面的小年轻叫到一边，明知故问：看到啥子名堂没得？他肯定地摇摇头：没得问题！我得意地说："拍到了！""啊！"他吃惊地叫了起来。

我们赶快追赶买凉席的外地旅客，在码头的大石梯上，远远看到刚才那位买席人，凉席搭在肩上，正满载而归，我俩快步上前指着他肩上的凉席说："你的席子被调包了。"他一惊，赶紧取下凉席打开看，一脸懵懂：什么时候调的呢？

我们三人来到夜市管理办公室，所长和几名工作人员反复看了几遍录像后，骂了一句：这几个坏人，去把他们喊来！

两个商贩来到夜市办，所长没好气地冲他两个吼了一句："你们今天干了啥子？"两个商贩装得一脸无辜地说："没干啥子！"，我让小年轻拿出一台摄像机给他俩播放，我用另一台机器拍摄他俩看自己的大"戏"，两个商贩看着看着，就像泄了气的皮球，我问："里头那个是你们不？"两个人低着头无言以对。

这条新闻播出后反响较大，工商部门还开展了专项整治，收到了明显成效。

对暗访的理解，我一直认为不惊动采访对象的采访就是暗访，不能只看拿的是不是密拍机。曾有一次，我拿着个掌中宝摄像机大大方方在采访对象面前实现了一次暗访，现在回想，还佩服自己当时的机智勇敢。90 年代令人生厌的城市牛皮癣是无处不见的性病广告，这类广告列举各种各样不堪入目的性病症状，题头统统冠以包治性病四字，那些所谓的医生大都没行医资格，本事吹得天花乱坠，人称包治医生。他们大都租上一间简陋的房子，利用性病患者羞于启齿不好意思去正规医院治疗的心理，用一些简单的抗生素，收巨额治疗费。其场所肮脏，治疗随意。怎么拍到这些场所，我反复思考，决定找家“包治医院”暗访，用什么拍呢？找人借一台掌中宝，这是一款90年代常见的家用手持拍摄摄像机，机器不大，但要完全隐蔽起来又能拍摄还是很难，最后我一拍脑袋，干脆拿在手上，盲拍。为了壮胆，特意约了当过临时看守的同学一起，我俩一商量，觉着手上拿个摄像机，大大方方地去，要让对方觉得我俩是那种挣了点小钱，喜欢在社会上浪的耍娃儿，因为去了不该去的地方，染上了难言之隐，又好面儿，担心外人知道，才……

记得是一个下午，我俩在街上转了转，最后选定较场坝车站旅社的一家“包治医院”。来到旅馆门前，悄悄打开摄像机开启拍摄模式，为了淡化手上的摄像机，我没有按拍摄方式把手放在机器的腕带中，而是手掌向上很随意地拿着机器，装作若无其事地走进旅馆。顺着底楼黑洞洞的通道，来到尽头一个房间门口，门上贴着“专治各种皮肤病，包治包好”白纸黑字广告，敲门，里面喊：进来。我们进去，房间里灯光幽暗，心头有点虚，环视房间，不大，一张估计是用来输液的床，很脏，桌上乱七八糟地放些针头、药瓶之类。开门的是一个精瘦的男人，穿件皱巴巴的白大褂，他看着我俩，一边开门一边说：进来嘛！好像并没怎么注意我手上的摄像机，我心里一阵窃喜。边往里走边说：医生，我有个朋友，下头出了点拐，你能医不？对方看我一眼，底气十足地说："能医！是个啥子情况嘛？"我事先做了点功课，赶紧进行病情描述。对方听后，笑了笑说：兄弟，不要难为情，我晓得是你！我和同学都赶紧说：不是，是帮朋友打听。如果承认是本人，他让脱衣检查，那就惨了。我们两个必须死死咬住有病的是别人。我赶紧转移话题："这里啥子皮肤病都医得好唛？"对方有些不屑："肯定噻！白癜风都奈得何！我是祖传，用的是进口药。"同学问："你祖传哪个又是进口药呢？"对方反应很快："我是中西医结合噻！"和对方讲话，我一点不敢看手中的摄像机，心头却一直在担心，摄像机是不是处于录制状态，镜头是不是对准了目标。一边对话一边拍，中途还不时慢慢转动一下身子，悄悄调整角度，把桌子上乱七八糟堆着的针头，挂在门后生锈铁钉上的输液器，爬满苍蝇的输液床……一一收入镜中。我们问这问那，就是不下叉，"医生"好像有点不耐烦，冷不丁摔出一句：你们问了半天，到底要干啥子？我心头一惊，赶紧说：帮别个打听，是要问清楚点噻！好嘛，过几天我们把朋友带来。说完给我的同伙使了个眼色，赶紧溜了出来。

兴奋地跑回家，看效果，比较成功。节目播出后，卫生行政执法人员去查封这家“包治医院”，那位倒霉的“包治医生”懊恼地对执法人员说：“那天那两个人是嘟个拍到的哟？”

数日之后，我们又接到线报，说是在一些汽车站停车场里，有人挑着铁桶，游走在车场里给汽车加油，这是有关部门明令禁止的，卖“担担儿油”极易发生火灾。我故技重施，又拿着个“掌中宝”去了。太阳明晃晃的，地面被烤得估计能煎熟鸡蛋，车场里停满了车，一个壮汉挑着两个沉甸甸的铁皮桶，在车与车之间穿行，然后在中间一辆小车边停了下来，他一边和驾驶员说话，一边放下肩上的担子，打开铁桶的盖子，浓浓的汽油味弥漫开来。我打开摄像机，凑了上去，主动跟壮汉搭话：“卖的啥子哦？嘟个一股汽油味儿？”不料对方是个行家，一眼就看见了摄像机忽闪忽闪的录制红灯。他眼一瞪，大吼一声：“你拍啥子？”脸上青筋暴起，两手利索地抽出滚圆的扁担，眼里喷着怒火，猛地逼近过来。我拔腿就跑，幸好本人百米短跑拿过名次，一路狂奔才全身而退，这是本人暗访的糗事，就不细说了。

暗访是一个需要胆略和技巧的特殊采访形式。暗访，方式是暗的，但我们的心，却一定要明亮。

叠印在夔门钢索上的孤独身影

重大新闻，人在现场，恐怕是许多当记者的人做梦都在盼的美事。回望我的记者生涯，那些年见证过的，记忆又很深的大事、趣事，其实并不多。

夔门走钢丝，算是本人见证过的一个奇迹。

大约是 1995 年 3 月，听人说，有个老外想在夔门两岸间拉根钢丝，然后从钢丝上走过夔门。闻所未闻，当时虽然很好奇，但也没当真。不料这事儿后来越传越紧，几个月后，说是老外都已经来了，我闻讯后准备赶赴奉节，但县里反馈，来的不是本人，而是徒弟。

一波三折，夔门走钢丝终于不再是一个传说，经过勘测，选址在四五月份紧锣密鼓开展起来……最后确定在夔门北岸老鹰嘴和南岸狮子包之间架设一根 28.6 毫米粗的钢丝索。

那个年代的三峡库区，还比较封闭，和我一样见识受局限的人不少，总感觉夔门走钢丝这事儿有点邪乎！巨大的舆论压力让当地政府很为难，支持参与，又怕受骗；不参与，眼见人家拿出那么多成功的案例，又觉得这是一个极好的宣传机会。

大约是当年9月，走钢丝的主角，51岁的杰伊·科克伦先生（美籍加拿大人）终于来了。当时重庆尚未成为直辖市，奉节县还归原万县市（今万州区）管辖。一位万县市领导赶到奉节和老科见面，本人随行采访。

老科，一米八九的个子，身材修长、精壮，留一头梳理齐整的金黄卷发，一双蓝眼睛深邃中透着忧郁，说话、动作不紧不慢，很沉稳。走钢丝的人，常年在高空行走，一丝一毫都性命攸关，肯定毛躁不得，这是职业要求。

双方礼毕坐定，活动的策划人开始介绍情况。大约是说，科克伦八岁就显露出高空行走的天赋，14 岁就开始登台表演，有一句话我记得很清楚：他走过的高空钢丝总长度达到 1200 公里，相当于在钢丝上从北京走到了上海。说着他拿出一大堆外文报纸，惭愧得很，本人一个英文单词都不识得，只认得出报纸上照片中的那个人是面前的老科。老科肯定也不懂中文，估计也是听得云里雾里的。策划人越讲越兴奋：科克伦先生已经创造了多项高空行走世界纪录，比如，在钢丝上连续生活21天，是蒙着眼走钢丝最高最远的人，还是夜间走钢丝最高最远纪录的创造者……我的个天，小时候看杂技表演，演员几米高还系着保险索走钢丝都让我心惊肉跳，他居然蒙着眼走，还在钢丝上吃饭睡觉，我们一行都对这有些将信将疑。去的那位地方领导估计也是一脑子的问号，忍不住打断策划人滔滔不绝的介绍，满怀狐疑地问：科克伦先生，你真的能从钢丝上走过夔门吗？翻译把这个敏感的问题直译给老科，我看他听着听着，露出了微笑，是自信的微笑，随后叽里咕噜地对翻译讲开了，翻译听着听着也笑了起来，科克伦先生说：如果你不相信，我可以把你扛在我的肩上一起走过去。领导听完哈哈一笑，极有智慧地回了一句：科克伦先生，我就不增加你的负担了。

现场一片欢笑。

这次夔门走钢丝，是老科，也是人类第一次在纯自然环境中走钢丝。瞿塘峡，峭壁千仞，峡谷幽深，风力、光照、气压等不可控因素太多，气象部门查阅了当地30年气象记录，发现每年10月27日到29日，当地都是晴天。活动时间于是敲定在了10月28日。

准备工作在怀疑和担忧的氛围中推进。

10月25日，我再次赶到奉节，不大的奉节县城，已是媒体云集，各种小道消息传得沸沸扬扬，汹汹之势把人搞得一头雾水，一会儿有鼻子有眼地传老科已经闪人，今天的话就叫跑路了，一会儿又说老科走钢丝要背着降落伞。现在回想，从两个指头粗的钢丝上走过夔门，实在是令人难以置信，怀疑当属正常，况且，我们小地方的人，见识有限。但这却苦了当地政府，有理说不清，门票卖不出，本可名利双收，最后却搞成了赔本买卖。最悲催的是，后来，中央电视台新闻联播头一天还发消息预告说第二天将现场直播走钢丝的盛况，正当全国观众翘首以盼，临了又突然宣布技术原因，取消直播。我估摸着，技术原因的确有，因为那时候直播不像今天，普通人架个手机都能直播带货，当年的直播，复杂、高端……需要大转播车，架光缆，但这些问题肯定发节目预告前是解决了的，估计主要还是担心播着播着老科如果一个闪失掉入滔滔长江中。直播啊！事情就弄大了。

我满腹狐疑，一心想要探个究竟。经过多方努力，主办方终于同意我可以跟拍老科。

10 月 26 日一大早，老科要去瞿塘峡对过江钢索做最后的检查。我跟着老科，经过奉节老城门下河，乘坐小机动船，直奔瞿塘峡。天阴沉沉的，还飘了一阵细雨，瞿塘峡里冷风飕飕，老科站在江边的一块礁石上，背后是雄奇的夔门，峭壁对峙，江水奔流。看到他孤独的背影，我突然有一种悲凉感，脑子里莫名地闪现出老科从眼前夔门上空那根高高的钢丝上惨叫着急速坠落的画面，还夹杂着几张惊恐得变了形的脸。我暗想，一个外国人跑这么远，要是一脚踩虚，丢了性命，真是不值。当然，这是我们凡人的思维。

远处的老科，放下单肩包，脱去红白相间的外套，露出厚厚的白色 T 恤。他看了看四周，然后抬起头，凝视着夔门上空那根冷冷的钢索，久久地，持续近一分钟。那是他的生死索，我从他本就忧郁的眼里，看到了焦虑和一闪而过的恐惧。

他的翻译朱群告诉我，科克伦很自信，有时近乎是一种不讲理的自信，但他与其他人的区别在于，他能够走到自信的最极端，并牢牢把握那份感觉，一般人没达到他一半的自信便已经被客观和自然控制了。1965 年，他在多伦多体育场表演时不慎从 27 米高空摔下，两条腿断了，盆骨也摔碎了，医生都觉得他不能走路了，但他用了 5 年又重回高空。

老科工作很严谨，也很在行，他亲自拿着扳手调整主钢丝的斜拉钢丝，耐心地通过翻译给现场的工人讲解示范。

中途休息，我通过翻译问他：听说你要试走一次？他听后有些吃惊，回说：我不会冒两次险！我又问：你这次走会有一些什么保护措施？他回答说：NO！我只拿一根平衡杆。我追问：这保险吗？他的回答很经典：最大的安全在于它的科学性！

科克伦很孤独，他似乎不愿与别人过多接触，简短回答了我的提问后，他独自一人走到一边，坐在山岩上，背后是夔门的万仞绝壁，峡风呼呼，夔门很冷峻。一只山羊一边吃着草，一边慢慢走到了老科的身边。老科把山羊揽在怀里，用手轻轻地抚摸，还伸出头用脸蹭小羊的头，小羊也温顺地舔着他的脸，温暖的画面，让站在不远处的我眼眶湿润了，我觉着这是他对生命的眷恋。

通常临战之夜，主角都会好好休息，但 10 月 27 日，吃过晚饭，老科却出现在驻地的会议室，人们一下围了上去，合影、签名，他来者不拒。瞅着机会，我挤上前，冲着老科就开始发问，老科望着我耸耸肩，一脸茫然。丢人，我一句英语不会，用的还是方言，老科听不懂，场面一度尴尬。这时一位漂亮的美女微笑着说：科克伦先生说他听不明白。我赶紧无比热情地对美女说，麻烦你给翻翻。

第一个问题：科克伦先生，你现在紧张吗？他说：紧张！一直都是，第一次是这样，每次都这样。总是很紧张，但我不能想这个问题。再问：目前，准备得怎么样？他回答：我明天一定会好好去走，我不会去想其他问题，主要是要把准备工作做好，比如钢丝要架好，把时间计算好，不能想其他的事情，一心一意走。

说完，老科还微笑着和我们合了个影。

明天就是“生死之走”，还能坦然如斯，真是奇人。

10 月 28 日，我获准近距离拍摄，天不亮就赶到了瞿塘峡。

早晨，现场，天有点阴，吹着风，我心里直为今天的活动捏一把汗。

9 点 58 分，云渐渐地开了，但风还在吹。直升机载着科克伦稳稳地降落在瞿塘峡老鹰嘴现场。科克伦精神饱满，金色的头发梳理得一丝不苟，在阳光下一闪一闪的，他穿一件鲜亮的像睡衣一样的天蓝色袍子，戴着墨镜，手里拿着一根棍子，快步走向起点现场。到了现场，他用手一把握住过江钢丝，大约是在感知峡风是否让钢索产生了晃动。随后他找到一块石头坐下，拿出一罐饮料，悠闲地喝着，嘴里还不停地嚼着口香糖。大约十多分钟后，他拿起望远镜走到起点处仔细观察钢索，还用一张白毛巾轻轻把起点处的钢索盖住。这根 28.6 毫米的钢索由 72 根斜拉钢丝固定，呈下弧线一直伸到对岸狮子包，全长 640 米，最低点距江面 375 米，

老科凝望着夔门上空那根冷冷的钢索，久久地，持续近一分钟。我从他的眼里看到了焦虑与恐惧

阳光下，钢丝孤零零地在空旷的峡江上空闪着寒光。

10 点 57 分，太阳一下钻出了云层，风和日丽，现场的气象工作人员拿出风向仪一边测量一边报告：风力三级，风向东风。老科一下站起身，拿起对讲机与对岸的助手丹尼斯简单通话，当知道对岸已经准备妥当，他轻松地笑着对丹尼斯说："待会儿见！"

工作人员随即要求现场所有人员离开，足足两分钟，不让任何人靠近，有人说他是在祷告，有人说他是在方便，当老科再次出现在我们的面前时，我们眼前一亮，他身着一套漂亮的天蓝色表演服，衣裤一体，上身套一件垫肩网状蝴蝶衫，裤腿成喇叭状，束腰，他稳稳地走到起点处，穿上背带，然后轻轻拿起一根长 10 米重 54 斤的银灰色金属平衡杆，双手伸开，蝴蝶衫的衣袖迎风张开，就像是一对天使的翅膀。

11 点零 2 分，科克伦迈出了历史性的第一步。

我扛着摄像机站在他身后四五米远的地方，镜头对着他的脚，特写，从第一步迈出缓缓拉开，现全景。

他走得很稳，踩着细细的钢丝，一步一步，与我们渐行渐远。明亮的光，把他脚下细细的"路"照得失去了踪影，人就像在白茫茫的空气中飘着，缓缓地、缓缓地……当老科走到一半时，奇观出现了，一只苍鹰飞来，在他的头上盘旋。也许是这个不速之客，撩起了苍鹰的好奇心，现场观众的心一下揪得紧紧的，担心苍鹰发起攻击。我把镜头推到长焦端，清晰地看到：老科临危不乱，他慢慢停下，苍鹰似乎明白了对方并无恶意，扇一扇翅膀飞走了。停下来的老科，也许是想起一直小心赶路，还没给观众一点惊喜，他慢慢取下墨镜挂在胸前，把平衡杆搁在胸前的保险钩上，然后举起一只手，抬起一只脚，做出了一个漂亮的金鸡独立造型。这是一个让人惊恐的美丽姿势，也是一个史无前例的孤独身影，他叠印在冠绝天下的夔门山水间，也深深地刻在了我的记忆中。

11 点 55 分零 9 秒，老科稳稳地踏上了对岸的土地，一项新的吉尼斯世界纪录诞生了。

见证泪别的日子

2000 年 1 月 24 日，距离春节还有十天，重庆万州区长坪乡濒临长江的几个村庄，弥漫着深浓的离情别意。这里的 237 名移民将在两天后告别故土，前往湖北宜昌草埠湖安家落户。我赶往长坪，记录外迁移民泪别的日子。

一早赶到长坪乡的河边，河滩上，已经堆满了移民准备带走的旧家具和生活用品，有粗糙的木柜、桌椅、土陶泡坛、大铁锅，还有大量旧房上拆下的木棒，甚至棺木，破破烂烂一大堆，这是移民们的家当。那个时候的三峡库区农村，许多农民还没有摆脱贫困，大多数的移民家庭都不富裕，稍微有一点用的东西，他们都不忍丢弃。

上午 9 点刚过，山坡上，响起一阵“噼里啪啦”的鞭炮声，70 岁的汪德贤带着 8 个子孙齐刷刷地跪在汪家的祖坟前，香烛的青烟袅袅升起，寒风中，老汪长长的须发沾满了泪水，他声音嘶哑：各位老辈子，国家要建三峡工程，我们要搬家，舍不得，又没得法，后天就要走，来给各位老辈子说一声，以后不能经常来看你们，汪家的子孙世世代代都要记到这个地方，记到各位老辈子，要保佑我们哈……

长坪的移民，祖上也是移民。先人们在明末清初的湖广填四川中，从湖北湖南两广等地来到这里，挽草为业，开枝散叶。星移斗转，几百年后，历史来了一个倒转，移民的后代又要回到先人的故里。

中午，移民姜在成家，姜家人和前来送行的亲朋围坐在八仙桌前，没有往日吃席的喜悦。主人伤感地说："我这把年纪，不知这一去还能不能回来？"一位客人赶紧接过话题："宜昌好近嘛，坐个船就回来了，听说那边平得很，新房子里头都贴瓷砖，好好哦！"几位客人齐声附和："是的！是的！"老姜的老伴听后，脸上露出了笑意，抬一抬手，指着桌上的菜和酒："吃菜吃菜。"

这批移民要去的湖北宜昌草埠湖，是一个农场，距离长江 26 公里。那里地势平展，土地肥沃，老姜家可以分到 1.5 亩地，房子也是新建的，生产生活条件比长坪好很多，但故土难离是移民心中的痛。

吃完午饭已是下午 2 点过。这顿饭是老姜一家人在老屋吃的最后一顿饭，老伴和女儿麻利地收拾碗筷放到背篼里，老姜走出门，站在门前的坝子头，看着他熟悉的老屋。这是一幢土墙瓦房，墙面有些斑驳，对开的木门上贴了对门神，两个门墩左右对视，川东风格的花格木窗、台阶石、房檐，看得出当年建房人的用心。屋里的主要家具已搬出室外。屋里显得有些凌乱。

老屋是老姜爸爸的爸爸一生的付出，老姜和他的孩子以及孩子的孩子都出生在这里，房子的大门对着长江，屋里听得到长江的涛声。门前的一棵粗壮的桂圆树已经锯断了枝丫，老姜又特意挖了一棵一米多的桂圆树，准备带到新家，说是桂通贵、吉利，还有老家的念想。

老姜细细地看着老房，嘴里喃喃地念叨着：格老子，这就要走了。

看到老伴和女儿收拾好了屋里的东西，老姜对着几位来帮忙的乡亲大声喊："先把屋里的东西拿出来，桌子、桌子……"几位精壮汉子围了上来，简短地商量后，有人搬来了楼梯。老姜的大儿子麻利地上了房顶，摞起一叠瓦片开始往下传，老姜站在下面，没有动手，而是呆呆地望着房子一点一点地被拆除，眼里渐渐地湿润了，他怕我这个外人看见，把头扭一边。很快屋顶的瓦片被揭光，人字形的屋顶露出，屋梁一根一根被掀到地面，土墙轰然倒下，老姜再也控制不住眼泪，对着拆房的人哭着喊：别把梁弄断了，我要带起走……

一幢老屋，当初建立不知历经了多少艰难困苦，熬过了多少日日夜夜，拆掉它却只用了几小时，并且是自己拆掉自己的家。

下午 5 点多钟，河边的移民越聚越多，家家户户的家具杂物越堆越多，很快一艘铁驳船被装得满满的，天快黑的时候，河边的一群移民围着一名乡里的干部，越说越激动，发展到推

船缓缓地与江岸拉开了距离，
『离开』在此时形象了

推搡搡的，乡干部始终保持着克制，一直在耐心解释。我赶紧挤上前，冲着几位移民说："莫激动，莫激动，啥子事嘛？"几位移民七嘴八舌说开了，大意是说：乡里找来运货的船小了，他们的东西运不走。我转头问乡干部："你们先对每家的运量有规定没得？""原来登记运输的东西，衣柜 65 个，床 73 张，书桌、饭桌 90 张，我们租的船装这些绰绰有余，现在每家啥子都弄起来了，有的一家柴都弄了 20 多捆，我们马上想办法，正在找船。"乡干部有些委屈，又有些无奈，但始终保持着平静，移民干部真是不容易。

晚上 8 点多钟，又一艘船到来了。江边，寒冷的江风中，移民们一件一件地搬运着盆盆罐罐、桌子板凳、石磨猪槽，木柜篱笆……岸上的东西一点点减少，船很快又被堆得满满的。

晚上 11 点过，装船结束，200 多位移民亲手拆掉了自己的房屋，家没了。这一夜，他们有的去投亲靠友，有的干脆就在河边点上一堆篝火，围在一起聊长坪的往事，讲去新地方的打算，有的说要过去养奶牛，有的说要种蔬菜，对未来很憧憬。腊月的江边是难熬的，讲着讲着，上眼皮下眼皮就开始打架了，声音越来越小，说话的时间间隔越来越长。今天，他们实在太累。我看着挂在货船两边的一幅红布标语"舍小家为国家建设三峡"心里想这还真不是一句口号。河风呼号，江水奔流，夜，睡着了。

早上 7 点多钟，天渐渐放亮，快 8 点，专门来接移民的小客船"突突突"地开过来靠在岸边，移民们将先乘坐小客船，然后在万州坐大船去宜昌。

山坡上，移民们一家一家地走来了，小孩子在前面欢跑，年轻人一手拎着简单的行囊一手牵着老人，送行的亲朋好友紧跟在后面。靠近船边，许多人的情绪开始爆发，一位四十多岁的妇女紧紧地抓着送行的好友呜呜地大哭起来，她的朋友强忍着眼泪，说着安慰的话：莫哭，是好事啊！还会见面的！

移民们一步一回头地开始登船，上了船，许多人不进船舱，站在船头不停地冲着岸上送行的人喊："回去了！回去了！"岸上的人回："要回来哟！"

一位包着花头巾的老大娘在儿女的搀扶下，站在船头，她没有语言，紧紧盯着她生活了七八十年的这片土地，这也许是她最后的告别。

船缓缓地离开江岸，船头是黑压压的一群人，岸上也是黑压压的一群人，大家都举着手，叮嘱着，安慰着互相喊话。船岸之间一道小缝，随着船的移动，越拉越开，这就是"离开"，很生动！

突然，岸上黑压压的人群中冲出一个小女孩，向着离开的小船奔来，嘴里发出撕心裂肺的哭喊，站在船头的，估计是她的外公，情绪一下也激动起来，大声喊着孩子的乳名"凯凯，凯凯"。离开的船因这突如其来的呼喊又缓缓靠向了岸边，没等停稳，孩子外公就跳了下去，从衣服荷包里掏出一张十块的人民币，迅速地塞到孩子的手里，然后猛一扭头，一个大步又跨上船，再转身站在船头对着孩子喊：凯凯，要听话哈！

船又一次离开，面对长坪一边的船舷旁站满了移民，大都是老人，他们的眼里闪着泪光。船渐行渐远，姜在成的老伴指着远处说：我们的老屋在那儿！

船舱里，几位移民把手紧紧地握在了一起，他们的脸上有些茫然。

桩桩妹和她的儿女们

1997 年的仲春，为了拍摄一组山地风光图片，我走进了七曜山腹地，在大山深处的一个小山村停住了脚步。夕阳西下，橘红色的阳光斜照在一间整洁的土坯房上，房的背后是逶迤的群山和茫茫林海，山、林、房，犹如一幅厚重的油画。

一位七十多岁的老太太眯着眼坐在门前的长板凳上，静静地享受着阳光的温暖。老人的穿着用今天的话来说有点穿越，洗得发白的、厚厚的灰色棉袍，是典型的民国式样。棉袍没有双袖，老人也没有上肢。在这么封闭的一个地方，一个没有双手的老人是怎么生存的？又是什么原因让她失去了双手？直觉告诉我，这肯定是有故事的。

老人坐了一阵，从蚌壳形老棉鞋中抽出右脚，脚很粗壮，宛如苍老的树根，大脚拇指长长的有些弯曲，大脚拇指和二脚拇指之间，有大大的空隙。老人麻利地伸出腿，熟练地用大脚拇指和二脚拇指夹起一把扫帚，开始扫地。她的脚就像手一样灵活，一会儿就扫完了门前不大的坝子，然后老人回到先前的板凳上，用脚踩木盆里水泡着的衣服，踩一阵，再用脚趾夹住木盆的盆沿，用力一提，污水就倒出来了……

见远处有人打量自己，老人开始并没有理会，过了一会儿才一边干活一边微笑着问：你是哪来的？我们这个地方有啥看头……

天快黑的时候，一个50多岁的妇女来了，帮老人收拾了院坝，忙完，走进屋端出一个大保温杯，坐在老人旁边，一口一口给老人喂水，一边喂一边聊，感觉像是一对母女。我走近她们问："你们是一家？"50岁妇女回说："是的。"随后又急着否认："不是，不是，我是她带大的女儿。"我一头雾水。但等到话题拉开，一个感人的故事呈现了出来。

1940年的冬天，村里特别冷，一连几天，纷纷扬扬的大雪把村子变成了白茫茫的一片。低矮的茅草屋吱呀一声打开，一个衣着单薄的小女孩打着寒噤走出来，跟在她身后的是头发蓬乱的母亲，她递给小女孩一把砍柴刀，不放心地叮嘱了一番，小女孩背上小背篼转身走向远处。厚厚的积雪没过了小孩的膝盖，走一步就留下一个深深的雪洞……

这家人，只有母女二人，母亲身体不好，家里生活的重担就压在了十来岁的小女孩身上。连续下了几天的大雪，屋里烧柴所剩无几，吃的也不多了，没了火的热力，四面透风的茅屋里刺骨的寒冷，小女孩母亲不停地喘息咳嗽。找点柴火，弄点吃的成了当务之急。懂事的小女孩央求母亲让她去，母亲有些犹豫，但自己这不争气的身体确实出不了门。

母亲倚在破烂的门框边，望着女儿走得没了踪影，才转身进屋开始焦急地等待。不一会儿，远处传来野狼“呜呜”的嚎声，母亲一下有了不祥之感。她焦急地走到门前，拉开门，向远处张望，女儿留下的一串长长的脚印还清晰地留在地上，她知道，大雪让狼也饿得眼冒金星，女儿可能会有危险。

焦急的等待中时间过得很慢，天快黑了，还没见女儿回来，母亲决定不再等待。她找来一根木棒拄着，急急地出了门，艰难地爬上一个小山岗，向着远处喊女儿的名字，喊了几声，只有远山的回响，没有女儿的回音；母亲越来越急，她一边艰难地迈步，一边使出吃奶的劲吼，声音在寂静的山谷里回荡，带着焦急与苍凉。喊声终于惊动了远处的乡亲，人们打着火把围了上来……十来个人决定分头寻找，火把在山间摇曳，在雪地上留下火红的影。晚上9点多，一组人终于在一面山坡上发现了血迹，鲜红的。顺着血迹，终于找到了倒在血泊中的小女孩，她的两个上肢齐肩被狼咬断，估计小女孩是顺着山坡滚下，恶狼才没有继续追逐。母亲见到女儿的惨状，一声哀鸣，也晕倒在地。

昏迷着的小姑娘和她的母亲被众人小心翼翼地抬回家里，挤在一起，摊在屋里的破床上，小女孩的肩头，血肉模糊。村里最有经验的老者张草药看了看伤口，从火坑里抓出几把草木灰撒在

失去双手的桩桩妹带大了村里的孩子，
村里人也养了她一辈子

伤口上，叹着气说：“没得办法，看她的命。”

没有谁动员，也没有谁安排，大家就都来了。这里的人虽然日子过得不容易，但大家很少红过脸，只要谁家有事，肯定都来帮忙，这是世世代代传下来的规矩。

来的人带来自己舍不得吃的鸡蛋、腊肉，还有人背来了大捆的柴火，屋里火坑里重新燃起熊熊火焰，燃烧中还发出“噼噼啪啪”的声响，冰凉的小屋因为有了火、有了人气，一下就有了暖意。

女孩的母亲半夜就醒来了，不停地落泪。小女孩第二天睁开了眼，吃力地看着身边的人。张草药被叫来，看了看小女孩说：“这娃儿命大，可能死不了。”

十多天后，小女孩的母亲撒手西去。小女孩却顽强地活了下来，但两只手彻彻底底地没有了。村里人处理完小女孩母亲的后事，在德高望重的张草药主持下，商量小女孩的生计问题。

张草药清了清嗓子：这个娃儿造孽，手也没得了，岁数又小，我们还是要帮她……

“是啊！才恁个点点大。”

“她妈又走了。”

大家都有一颗善良的心，主意很快就拿定了。

张草药提高嗓音：“我看这个样子，先把娃儿弄到我屋头，给她治伤，以后轮流到各家吃饭，只要我们有口吃的就不能把她饿死！”

众人齐说：“要得！要得！”

小女孩受到了村里20多户人的集体呵护，谁家吃肉，谁家宰鸡，都不忘给她端上一小碗。轮到小女孩来家吃饭，都会尽量做些好吃的。在关爱的包裹中，小女孩很快从失去双手、失去亲人的阴影中走了出来。因为没有上肢，大家都叫她“桩桩妹”。我在村里采访，居然没有一个人叫得出她的本名。

没有双手，对一个人来说是难以想象的艰难。小女孩拼命地练习嘴脚并用，很快就能用嘴衔碗、叼物，用脚解扣、搬东西……

合作化开始后，村里人种田是集体出工、集体收工。靠双脚是无论如何举不起锄头的，桩桩妹没有能力上山种地，村里一致同意，桩桩妹可以不参加村集体劳动。但桩桩妹并不想闲着，她找到生产队长，央求道：你们上坡做活路儿，家中娃儿无人照看，我可以帮忙看着。队长开始不答应，经不住桩桩妹几次三番请求，只好答应了。

大人上工前，先把孩子送到一处，准备些吃的。一开始，送来两个孩子，大人离开后就又哭又闹。桩桩妹没经验，但她有爱心，她用嘴衔着小勺给孩子一口一口地喂饭。孩子把尿撒在她背上，厚厚的棉衣被浸透，背上一阵发热，一会儿又变得冰凉，她赶紧用嘴和脚解开背带，把孩子放到床上，嘴脚并用换掉尿布，找块布垫在背上，再把娃儿背起。本文开头帮老人收拾的妇女指着老人的后背说：“小时候，我们村里没得哪个娃儿没在她老人家的背上撒过尿，没得哪个娃儿没在她老人家的背上睡过觉。”老人笑笑点点头。“现在都长大了！都对我好！向发贵家以前娃儿多，三年自然灾害那个时候，他老汉吃树叶，把锅里的苞谷羹硬要给我吃，几个娃儿在一边眼巴巴地流口水……”老人顿了顿接着说，

“我死活不吃。结果隔壁的向老二看不过，鼓捣把我拉到他屋吃。我记到起的，记到起的。”老人喃喃地说。

当年带的孩子最多时，一批竟有四个。有一次，桩桩妹刚打了个盹，一个小孩子就偷偷跑了出去，桩桩妹睁开眼，发现孩子少了一个，此时，远处传来野狼的啸叫，她眼里闪现出一丝惊恐，但随即变为一种力量，喷涌出灼人的怒火，她不顾一切地冲出门，嘶喊着孩子的名字……孩子没有跑得太远，但不小心掉进了一个水沟里，她一个箭步跳了下去，用她的嘴死死地咬着孩子的衣服。没有双手，她自己讲不清，村民们也说不明，我也写不出她到底是怎样把孩子弄出水沟的，反正孩子是被她救了，她一身湿透了。

我在村里的第二天，老人家里一下来了 20 多个男男女女，都说是老人的儿女，他们中有的已经嫁到外村，今天是特意赶回来的，说是来给他们的这个老辈子“做生”。这是村里特有的一个仪式，已经坚持了些年头。每个人都带来了礼物，白酒、点心、面条、腊肉……堆了满满一桌子。村里人几年前坚决不让老人再带孩子，他们要让老人享享福，还出工出力给老人把房子维修了一遍，屋内的家具也置办齐全了，老人带大的孩子轮流每天去给老人做饭，帮忙。一群儿孙围着老人，说着往事，老人笑得合不拢嘴。

这个村里，50 年代末以后出生的孩子都是老人一手带大的。四十多年，她带着村民们的孩子长大，然后又带着已经长大的孩子的孩子成长，再带这些孩子的孩子，她一生未嫁，但村民的孩子就是她的孩子。乡亲们的供养之情，桩桩妹报以对孩子们的养育之恩。一个村庄成了一个温暖的家。

这是一个多么温情的中国故事。

《记者观察》观察了啥？

我离开万州已经25年了，偶尔和老万州人见面，熟悉的朋友向还不认识的万州人介绍：这是黎某某。见对方一脸茫然，朋友大都会补上一句：就是原来万州电视台那个《记者观察》。说完紧紧盯着对方，对方经常会作如梦方醒状，长长吐出一个字：哦！说着伸出手来。我们的距离一下就拉近了。

《记者观察》是我在20世纪90年代初开始主持制作的一个电视评论类节目，一个人担任了策划、采编、主持、制作的任务。有人称它是万州的"焦点访谈"，其实，《记者观察》比焦点访谈起码早一年出现，不夸张地说，它是许多万州人的集体记忆。

那么《记者观察》到底观察了些啥呢?

选题

《记者观察》节目的名字源于我订阅的一本杂志《记者观察》,记得是山西主办的,主要讲述一些记者的采访故事。当时,我们地市级基层电视台的新闻,主要是报道一些当地领导的活动,以及当地经济社会发展取得的成就,通常是一月开门红,二月送温暖,三月学雷锋……对一些重要的热点问题缺乏深度关注。由于时长的限制和电视表现手法的简单,很多鲜活的新闻现场无法呈现,画面加解说是主要表现形式。新闻语焉不详,缺乏鲜活度。怎么用记者的视角对一些适宜电视表达,大众又感兴趣的新闻事件作一些评述,把新闻故事讲出来,把鲜活的现场呈现给观众呢?

想让人看过瘾,节目时长要十五分钟以上……我很快设计了一个个人特征凸显的片头:快剪的记者装带、开机、出镜画面,然后是一个木刻效果的我,扛着摄像机转身定格半身镜头,最后从定格的摄像机镜头中飞出“记者观察”栏目名。片头画面、配乐极富动感。取好名字,就盼着“娃儿出生”了……

机会很快来了,大约是1991年底,云阳县院庄乡发生一起暴力抗税案,当地多名税务干部和县检察院驻税务检查室的检察干警,被一群暴徒追打,多人受伤,一名胖胖的税检干警甚至被迫躲在当地乡镇干部的床下瑟瑟发抖,执法车也被砸。蹊跷的是,这事没有受到法律追究。带头打砸的人一度被抓,但很快又被开释。当时的地区税务局强烈要求一查到底,他们找到电视台,希望借助舆论的力量促成问题的解决。我接受任务后，和当地纸媒的几名记者赶赴云阳采访。首先去了院庄事发现场，采访了大量目击群众，对事件现场进行了还原。然后来到县公安局，县公安局一名副局长和公安局治安科科长极不情愿地接受了采访。由于准备比较充分，对事件的来龙去脉了解很细致，设计问题也是环环相扣，县公安局的两位官员在镜头前表现尴尬，回答不能自圆其说。我问："院庄这个事件是不是一起暴力抗税事件？"答："这个这个……"问："执法车被砸，执法人员被伤，怎么看？"答："这是事实。"问："那为什么没有追究相关人员责任？"答："我们抓了人嘛！"问："我听说人已经放了？为什么要放？"对方支支吾吾，表情尴尬……节目播出后，万县市（今万州区）的主要领导作出批示，问题得到圆满解决。第一期节目的成功，让我大受鼓舞，电视台也收获了一片掌声。

这次的成功给了我启示，我们的节目选题一定要聚焦社会的关注点，要为党委政府的中心工作服务。

聚焦大事，江总书记在北京参观国庆大展时，在万州展览模型前驻足良久。江总书记说："万县是个好地方，我去过。"还回忆了他过去到万县的情况。陪同参观的时任国家计委主任的陈锦华说：那里的藤椅、凉席不错。《记者观察》把总书记看万州模型的细节凸显出来，通过采访当时在场的工作人员，加上当时现场的视音频资料，专门做了一期节目《万县是个好地方》宣传万州，给万州人鼓劲，起到了很好的传播效果。三峡大移民，我们蹲点移民村，拍摄了《夜宿移民村》，把移民难舍故土的深厚

拍摄需要观察，
思考才有深度

情结通过镜头表达出来，折射出库区人民对国家的巨大奉献。

聚焦普通人，《记者观察》不但报道重大事件，还把聚焦点落在普通人身上。万县农校，一位来自巫山县大山深处的农家孩子为了读书，从七岁起就打工求学。通过跟拍，《记者观察》播出了纪录短片《李长亮七年打工为求学》，节目获纪录片大奖；看到片子，国内一知名企业立马向李长亮抛出了橄榄枝。

聚焦新动向，小平同志南方谈话，沿海开放地区高速发展，用工需求猛增，我们内地城市出现招工难，播出《招工难是忧还是喜》，辩证分析招工难背后的原因和产业结构调整的机遇。市场经济潮起之时，万县市（今万州区）一哄而上大量兴建室内市场，错把发展市场经济等同于建有形市场，结果新建市场大量闲置，据此拍摄了电视述评《新建室内市场为啥活不起来》；商标法颁布实施，万州全国知名商标飞马味精被另一企业弄了个极为相似的商标，销售同类产品，就拍了《相似也侵权》，以案说法；梁平县云龙镇派出所将刑满释放人员招募到镇治安室，让坏人管好人，这些人敲诈百姓，为害一方，我们拍了《这个治安室为何不治安》，产生强烈反响。

聚焦盲区，“八一”前夕，我们深入武警、消防等驻地，吃住在兵营，拍下了他们训练、生活的日常，把神秘的军营展示在屏幕上，让观众直呼过瘾。此外还深入神龙架林区，把神龙架的神秘呈现给观众。

聚焦典型，多位在全国获得表彰的重大典型，移民先锋冉绍之，全国职业道德标兵王凡，感动中国候选人吴显才……他们出现在媒体的第一个身影都在《记者观察》。

毫不夸张地说当年三峡库区的重大事件、重大典型、重要热点都在这个栏目中得到过呈现。

看点

我一直在思考，《记者观察》为啥有影响？除了选题的准确，重要的一点恐怕是因为充分发挥了电视的优势。在当年电视媒体普遍忽视新闻细节，大都采用“画面 + 解说”的叙事语态下，《记者观察》每期节目都绞尽脑汁要拍到一个看点，都必有一个鲜活的新闻现场，把讲故事、抓细节作为基本的呈现手法，真实便产生了力量。

例如，拍摄万州夜市不法商贩以次充好、坑骗外地旅客，不是泛泛讲现象，而是多次深入夜市去观察、去发现，终于通过蹲守拍到了不法商贩调包竹凉席的瞬间，拿到了“实锤”，使不法的事实变得可视可感，强化了监督的力量。

拍摄《相似也侵权》，记者深入侵权企业，采访受阻，记者和执法人员被堵在厂里，我打开机器记录下这个过程，这不但让片子有了故事，更重要的是，通过这一过程的呈现，反映出《中华人民共和国商标法》施行中执法机关坚定执法的决心和勇气。

拍摄世界高空行走大师杰伊·科克伦夔门走钢丝，记者争取到贴近采访的机会，拍到了细雨纷飞中科克伦久久凝视高空中的钢索，眼里流露出的恐惧，以及他在瞿塘峡中抱着一只山羊亲吻，这些闪现人性光辉的镜头，让许多人动容。

拍摄《治一治“包治医生”》，记者乔装成性病患者，以暗访的方式，拍到了隐藏在阴暗角落的江湖骗子，包医百病的吹嘘，以及治疗场所的肮脏，操作的随意，故事化的呈现，充满力量。

在节目表现的方式上，大胆创新。七曜山深处的普子乡，扎根山区几十年的乡党委书记谢茂林，为了给单位节省油费，不用单位的小车，而是天不亮去搭乘客车进城开会，客车不幸翻下悬崖。采访谢茂林这个典型，一开始就遇上了难题，除了党员登记表上有一张谢的黑白寸照，没有留下一点他的影像。这对电视报道是一个巨大的挑战。反复思考，我们决定重走谢茂林走过的路，用整整两天的时间登上高高的七曜山顶。山顶上住着陈诗清一家，谢茂林是陈诗清几十年见到的最大干部，陈诗清含泪讲述了谢茂林冒着风雪来他家帮助发展烟叶种植的往事……大量鲜为人知的故事被挖掘出来，丰富的具有人物印记的场景被收入镜头。最后，节目选取了四个维度成片，即当地干部群众眼里的谢茂林、妻子眼里的谢茂林、谢茂林的心路历程、记者眼里的谢茂林。片子播出后反响十分强烈。

锋芒

《记者观察》作为一档深度报道节目，必须具有鲜明的立场和观点，必须担负起舆论监督、激浊扬清、针砭时弊的重任。但舆论监督必须具有建设性的立场，绝不可把支流当主流，把现象当本质，更不能把一些解决无望的问题抛给社会。问题的选择必须是典型的、具有普遍意义的、通过努力是可以得到解决的。

云龙镇坏人管好人，院庄暴力抗税，事件典型、触目惊心，曝光需要勇气，也展现了节目的锋芒。

《治一治“包治医生”》《假劣饲料吹牛不催猪》《夜幕下的欺诈》……明察暗访，抽丝剥茧，撕开黑幕，显现了节目的能力和良心。

记得有一期反映尊老爱老的节目，讲述了川鄂交界处小山村里一位老人的故事。老人十几岁时就失去了双臂，父母也早早离开了人世，一个没有双臂的孤女，就靠着村里的百家饭活了下来，许多当地人不知她的名字，都叫她“桩桩妹”。“桩桩妹”很感恩，从小就帮着村里人看孩子，村里的所有孩子基本上都在她温暖的背上睡过觉。桩桩妹老了，她带大的孩子们就轮流照顾她，她过上了幸福的晚年生活，一个中国式的温情故事。而与之形成鲜明对比的是发生在九池乡的一个儿媳妇捆绑公婆的案例。把两个故事放在一起播出，批判的力量在对比中喷发。

《记者观察》播出了60多期，可以骄傲地说，这档节目每期都有看点，每期都受人关注，难得的是几十期节目播出后，居然从没有违规侵权的投诉，它迅速成为当地现象级新闻产品。这个栏目中有21个节目在全国、全省（四川）的节目评选中获奖。

拍摄制作这档节目，付出是艰辛的，记者没有红包拿，没有车接车送，监督别人还得特别自律。一个人选题、拍摄、主持、制作，连出镜都是自己给自己拍。当年电视台设备落后，只有一个简陋的演播室，编辑机也只有两套，制作节目都是在人家休息的深夜，工作很苦，却收获了无数观众的敬意，这是我坚持的动力。

现在回看，这档节目当年能存活，实在是一个奇迹。一个人办一档节目的事，只有在基层电视台才可能发生。这要感谢当时万县市（今万州区）领导层的宽容，是他们给予了相当宽松的舆论环境，我工作的电视台，从部主任到分管副台长都给予了巨大的鼓励和支持，他们把《记者观察》当成一个品牌。我在赞扬声里不断受到鼓舞。《记者观察》是我职业生涯的一个高峰，现在我已经记不得这个节目是怎样向观众谢的幕，但我永远记得节目中那些鲜活的内容和节目背后的故事。

典型宣传

记者最重要的能力，就是在纷繁的过往中发现一些典型的人和事，并把他们有效地传播出去。我从事宣传工作几十年，发现、宣传过一些典型，最有成就感的发现还是下庄。2021 年 2 月 25 日，在全球直播的脱贫攻坚表彰大会上，巫山县下庄村的毛相林第一个出场接受党和国家最高领导人的授奖。这一刻是毛相林的高光时刻，也是重庆的高光时刻。自认为宠辱不惊的我，居然也激动了很久一阵。

闲来无事，细数了一下，我发现和参与宣传的重大典型在两位数以上。这些典型宣传的背后鲜为人知的故事，今天回想，有趣又有意义。

逼出来的四个角度

1997 年冬，重庆刚刚成为直辖市，当时的《万县日报》报道了万县市（今万州区）五桥区普子乡党委书记谢茂林的感人事迹。谢茂林是一个孤儿，初中毕业去了边远苦寒的七曜山区插业落户，与当地群众结下了深情厚谊，知青返城时他自愿留下。他努力肯干，又有文化，一步步成长为普子乡党委书记。1996 年 6 月的一天，他进城开会，为了节约油费，他没坐乡里的小车，天不亮去搭乘长途客车，结果车翻下河沟，失去了宝贵的生命。这个报道出来后引起了当时万县市（今万州区）主要领导的重视，要求加大宣传力度，当时的万县市电视台随后派出一名年轻记者前往采访，由他一人负责电视台、有线台、广播电视报、电台四家媒体的发稿。这个记者一连去了三次，回来发的报道反响都不够强烈，负责宣传工作的万州区委宣传部负责同志很着急。据说有领导点名要我去，分管台长有些忐忑地找到我，说希望我去，问我需要什么条件。我这个人对新闻的追逐就像老鼠见大米，便没有推辞，只说能不能多给几盒磁带（当时的磁带一盒只能拍二十分钟），领导如释重负，满口应承。于是我和台里的一名老驾驶员直奔七曜山，先前去过的那位年轻记者又第四次前往。

那个年代摄录设备很少，一个生活在基层的乡镇干部，很少有机会留下影像资料。谢茂林唯一留下的是一张贴在干部履历表上的一寸黑白照片。一个逝去的人，又没有影像资料，这对电视报道是致命的。一路我都在想，该用什么方式来表现这个人物。

车行至当时五桥区的香炉山宾馆，听说新华社的金敏记者刚从普子乡采访回来，我脑子里电光石火地闪现出一个念头，让记者来讲一讲他眼里的谢茂林。金敏记者当过知青，也采访过许多重大典型，对谢这个人物很有感情。在香炉山酒店的房间里，我架好机器，金敏很动情，可正在情绪点上，先前去采访的那位年轻记者突然喊停，原来他的摄像机电池没电了，我无奈停下，等他换好电池，采访继续。金敏从一个记者和知青的独特视角谈他眼里的谢茂林，讲着讲着，那位年轻记者再次喊停，他的磁带又拍完了，我很无语，差一点就要发火。金敏记者的情绪也因两次被打断，很受影响。好在总算是拍完了。

离开宾馆，我脑子还在高速运转，老想着拍些什么。

普子乡因为谢茂林的宣传，短时间已经接待了大批记者，几个知情人被记者调教得说话都有了套路。这是我不愿见到的。我决定找几个新的点做一做。他的妻子是肯定要采访的，她是一位当地的农村妇女，不善表达，长相很有特点，嘴角上扬，看上去老是在微笑，前边的记者拍她，她都像微笑着在讲述死去的丈夫。

怎么把她的情感调度出来呢？

到达普子乡时，这里已是天寒地冻，放眼一望，农舍低矮，远山萧瑟，典型的苦寒之地，我一下就对扎根在这里一辈子的谢书记充满了敬意。第一件事就是恭恭敬敬地去买了个花圈，敬献到谢茂林的墓前。然后去供销社买了糖果、点心，带着去见谢茂林的妻子。见面后，我没有说采访的事，而是抱着摄像机和她面对面坐下，从她和谢茂林的相识到谢茂林工作、生活的点点滴滴，很随意地聊。慢慢地，谢妻忘记了采访，忘记了我手中的摄像机，逐渐进入到往事的回忆中，情感的闸门徐徐打开，眼泪夺眶而出，她再也不是那个微笑着的妻子，我悄悄地摁下录制开关。她的讲述朴实而深情，细节丰富而生动，把我也带入了他们曾经共有的世界，我感觉心灵震颤。

回到驻地，我仔细翻阅谢茂林留下的一些工作笔记，还有那份谢茂林一笔一画写下的、有些泛黄的入党申请书，朴实的文字，讲述了七曜山人民对他的深情。当年，还是知青的他，突发急病，是乡亲们连夜抬着他赶了 5 公里多山路，才救下了他的性命。他一个孤儿，在七曜山，是朴实的山民给了他一个温暖的家，他要报答这份深情……这是人物的行为逻辑。

通过对谢妻的采访和与其同事的座谈，我决定登顶七曜山，因为谢茂林的很多感人故事都发生在那里。

七曜山陡峭难行，上山顶，至少要走两天，其他记者尽管来了不下二十个，还没有一个上去过。

一大早，我和驾驶员冯长青在一位当地干部的陪同下，专门去代销店买了双帆布解放鞋换上，然后猛吃一顿才出发。当地那位干部告诉我，他们乡里的干部只有谢书记上到过山顶，他还没去过。

我们沿着谢茂林走过的上山之路，边拍边走，一路的景、路、人……风情独特，极具视觉效果。谢茂林与这里的山、这里的路、这里的人的关系，逐渐呈现出来了。

途中我们遇见了几位七曜山赶马人，赶着骡马，沿着崎岖的山路艰难爬行，他们一边走一边给我们讲述谢书记当年在这里的往事，直到他们的背影消失在路的尽头，留下骡队一串叮当叮当的铃声。

在七曜山的半山腰，几户农民因为谢茂林的帮助收入大增，对谢书记感激不尽。我们去的那天，正是他离世的 100 天，按当地的习俗，村民自发组织起来做“望山”，就是在远处，对着埋葬谢的地方遥祭。村民们吹着呜咽的唢呐，有节奏地敲打着锣鼓，对着远山诵读祭文，以七曜山的方式祭奠他们尊敬的人。

第二天，我们继续前行，下午四点多，冒着凛冽的寒风，终于登上山顶。山顶上唯一的住户陈诗清，见到的最大干部就是谢茂林，谢茂林多次来他家帮助发展烟叶种植。说起谢书记，陈诗清眼含热泪。山顶上，谢茂林帮他家种植的烟叶已经枯萎，寒风吹动，摇摇曳曳，睹物思人，让人唏嘘不已。

我采访到了新的故事，拍到了前面同行没有拍到的场景，怎么把这些素材梳理呈现出来呢？我的脑海里，不断闪现出谢茂林入党申请书中那些朴实而深情的话语，那是谢茂林在自述；闪现出谢妻含着眼泪忧伤的脸，那是妻子的思念；闪现出七曜山中，山民们望山而祭的催泪场景，那是老百姓的缅怀……四个角度一下冒出来了。我发出了四条报道。第一条《长风当歌哭忠魂——当地干部群众眼里的谢茂林》以当地干部群众的视角来讲述谢的故事。第二条《相见时难别亦难——妻子眼里的谢茂林》以谢妻的视角，讲述她和丈夫鲜为人知的过往。第三条《难舍父老乡亲——谢茂林心路历程》以谢茂林的入党申请书和工作讲话、笔记为依据，用第一人称讲述谢茂林对七曜山人民的深情。第四条《感天动地公仆心——记者眼里的谢茂林》以记者的独特视角评说这个典型的时代价值。四个维度是逼出来的，也是用脚步丈量出来的，更是采访对象用心讲出来的。播出后，反响强烈。这组系列报道参加全国评奖获得过二等奖。有评论称这是电视人物报道的一次非常有益非常成功的探索。

一夜黑头的冉绍之

1996 年春，一个偶然的机会，我看到了奉节县提供的一个先进事迹材料——《他为移民熬白了头》，介绍该县安坪乡党委书记冉绍之创新做好移民安置的事迹。

20 世纪 90 年代，移民工作是三峡库区的重中之重，百万移民怎么移，怎么做到安稳还要致富，没有先例，当时的国力也有限，移民工作号称“天下第一难”。

三峡库区的基层干部承担了破解世界级难题的重任。冉绍之是先行者。他在安坪乡的大堡三社进行试点，率先在三峡库区创造了“门前一条江，江边一条路，路边一排房，房后一片园”移民模式，大堡三社在三峡库区第一个实现移民整体销号，蹚出了一条移民新路。

我去的那天，冉绍之在大堡村等我，一见面，我大吃一惊，只见他皮肤黝黑，穿着件还算整洁的白衬衣，头发黑油油的。不是说熬白了头吗？怎么头发是全黑的呢？我有些疑惑，县里的同志忙解释说，冉书记听说你今天要来采访，专门去焗了个油，白头一夜变黑头。我心里暗暗叫苦，赶紧在旁边一移民家里找来一顶旧草帽，对冉绍之说，你平常下乡戴草帽吗？他说：戴呀！我说：那好！就把草帽戴上。

尽管老冉那天是认真“收拾”了一下的，但他的衣裤和皮鞋上还是隐隐约约看得到泥土留下的污渍。泥土对冉绍之的浸润是骨子里的，这背后是汗水和心血的付出，也是优秀基层干部的标记。也许是他当时接受的采访不多，一开始显得有些生涩，拍着拍着，会时不时盯一眼镜头，可当他走进移民家，与移民聊起天，走到移民工程现场，说起移民工作上的事，表情一下就自然了，肢体语言一下就流畅了。

由于长期在山区工作，老冉患有关节炎，走在陡峭的山路上，有些吃力，身边的移民很默契地在后面推着他。记得一个叫七娃子的移民告诉我：当初要搬迁，大家都不愿意，祖祖辈辈生活在江边，土地肥沃，搬到山上，土地瘠薄，全社的人都担心收入下降。

针对移民的担心，冉绍之有的放矢，现在的话叫“问题导向”。修路、开荒、建房、挖塘、栽果树……过去村里与外界的交通就是靠船，修通几条公路后，水陆并进，生活生产物流一下大大改善；过去种点红薯、洋芋、玉米之类，产业结构单一，附加值也不高，通过改田改土，人均耕地面积大增，虽然新垦土地肥力赶不上熟地，但种植适合土壤的柑橘，产量产值一下就上去了；新建房屋，家家户户的居住条件，一下提高了不知多少个档次。实实在在的变化和福利，让移民怎么不满意呢？

基层干部中蕴藏着让人难以想象的创造力，三峡库区的基层干部用他们的实践创造了世界移民史，给了世界级难题一个优质答案，冉绍之无疑是优秀答题人之一。

1998 年，冉绍之被人事部表彰为人民满意的公务员；2000 年被国务院授予“全国先进工作者”；2018 年 12 月 18 日，党中央、

记录需要抓住感人的场景，移民到家中看望病重的张兰权，那情景就让我泪目

国务院授予冉绍之“改革先锋”称号。冉绍之算得上是重庆涌现的最重大典型之一。

写此文时，冉绍之当年一头黑发的生涩局促模样还不时在我的脑海中闪现。这和后来那个稳重成熟的老冉实在是大不一样。

张兰权的引力

2000年底，我调到重庆市纪委工作，报到第一天就接到指令，直接由万州去忠县，拍摄张兰权事迹专题片。

张兰权是忠县监察局的一位副局长，负责忠县洋渡镇移民搬迁。长江边的洋渡镇是一个千年老镇，这里的老百姓世世代代聚水而居，长江给了他们生计，给了他们快乐，也给了他们无尽的眷恋。然而三峡工程的兴建，使他们必须做出牺牲，必须告别家园，离开难以割舍的长江。当地许多人想不通，所以张兰权的任务就是让他们想通，让他们在大江截流前全部搬迁。他挨家挨户地走访，和移民交朋友，真心实意为移民解决实际困难。他还陪着移民去山东乳山搬迁地实地考察对接，火车上，从不抽烟的他买了香烟，咳嗽着陪移民抽，还掏钱订餐请移民吃，感情在交往中积累，一扇扇抗拒的闸门被温暖打开。不知不觉中移民就把他当成了贴心人。由于长期的劳累，张兰权终于病倒了，倒在了护送移民去山东的火车上。当我们去忠县的时候，医院已经确诊他是肝癌晚期。家人、同事都不忍心告诉他这个残酷的事实，我推测张兰权心里是明白的，只是大家都不捅破这层窗户纸而已。

张兰权的妻子在当地医院做护士，张兰权就住在家里输液治疗。我去的那天，时任市纪委副书记、监察局局长何事忠专程去张家探望。病痛把张兰权折磨得骨瘦如柴，他无力地躺在床上，事忠局长很动情，拉着张兰权的手说：“兰权同志，你突出的工作表现，特别是在移民工作中做出的贡献，组织上是知道的，你为纪检监察干部争了光，谢谢你！”张兰权流下了热泪。

通常，先进人物的拍摄都要带着“主人公”去他工作的地方，还原一下工作的场景，然后采访一些当事人，拍一些空镜。但张兰权躺在病床上，无法实现。我必须找到一个具有本质意义的点来放大。张兰权这个人物的最大典型性在哪里？我觉得是他对移民的关心关爱，他对移民有一股强大的引力。

采访时我无意中听人说，洋渡镇马上又有一批移民要出发去山东，但这些移民听说张局长病了，出发前说什么都要来看看张兰权。我一下兴奋起来，急忙问：什么时候？对方说：明天。

就拍这个！

第二天，十多位洋渡移民代表来到张家，小屋里一下充满了生气。移民们带来了自己舍不得吃的腊肉、鸡蛋和糯米，一位姓孙的移民还爬到悬崖上为张兰权采来了草药。移民们围坐在张兰权的病床前，两位移民紧握着张兰权的手，心痛、安慰、感谢、回忆，现场情景生动自然，也很感人。张兰权也好像忘记了病痛，人变得硬朗了许多。他从病床上撑起，靠在床头上，还点着名叮嘱几家情况复杂的移民要注意的外迁细节。

一段生动的干群鱼水情就这样记录下来了。

这个人物专题片我给它定名《引力》，寓意我们党最大的引力是一心为了人民。党员干部只要为人民办了实事，老百姓不会忘记，干群关系是双向吸引。

这个片子的开头也颇具张力，张兰权弥留之际，现场传出“兰权！兰权！”的声声呼唤……很揪心！

片子获得中央纪委“卫士奖”一等奖。

回顾多年的典型宣传，我的感受是，典型的发现需要机遇，也与一个时期的时代要求密切相关。典型的发现，要带着时代的需求去寻觅，突显时代精神、历史价值。我们要到基层，到火热的第一线，从群众的口碑中去筛选。只有这样才能找到生动的故事，鲜活的细节，拍摄到真正感人的影像。典型的宣传，要实事求是，不能拔高，要用事实说话。还要寻找到巧妙恰当的视角，做出新意，这算是我关于典型宣传的一点体会。

圈内『糗事』

80 年代末，上电视对很多人都有吸引力。每天一大早，我们电视台门前就排满了一辆辆“北京 212”，那种军绿色帆布篷的吉普车，当时可是县委书记的标配。因为台上记者太少，需要拍摄的单位又太多，经常要“抢”记者。一个记者通常一上午要跑几个单位，去不去，哪个单位先去，就成了问题。资源稀缺，不正之风就有了滋生的土壤。有的单位于是很注意与记者建立良好的关系。请记者吃饭，顺带塞包“红塔山”，猛一点的弄个信封，里面放上几十块钱。这大约可以算是当时电视行业的不正之风。

我的父亲经历过多次政治运动，出身也不太好，平日里总是谨小慎微的，这对我的影响很大。对记者这个职业我很珍惜！所以，拿人钱物、见人摆谱之类的事，我还算是比较清醒。但当时我们圈内口大气粗，俨然钦差的也不是个别。有次，一个电视记者去一个边远县采访，县里很重视，县委书记把自己的配车都让出来给他用，但当年这个县实在太穷，吃住行条件不太好，这个老兄觉得人家有意轻慢，很是不悦，当面就给人甩脸子。也不知他哪来的底气，张口就说要给地区的领导讲一讲，把这里的领导换了，口气大得吓人！最后骂得接待人员委屈得流泪，实在是嚣张。

记者是信息采集和传播者，不是领导，也不是执纪执法者，人家敬你、捧你，是因为你掌握了一定的话语权。电视记者手中的摄像机是公器，公器不能私用，这是个简单的道理。可惜当时甚至现在还有从业人员都认识不够清晰。

某一年冬季，柑橘成熟的季节，某县城江边码头上，一竹筐一竹筐黄澄澄的柑橘摆满了石梯，柑橘有的是果农运到外地销售的，也有的是公款买来送礼的。有个电视记者路过，眼见此等场面，兴奋地拿出摄像机，推、拉、摇、移一番猛拍。一个公款送柑橘的工作人员顿时慌了神，跑上前一个劲儿地解释，那记者也不搭理，拍得差不多了，放下机器，把那工作人员叫到身旁，大大方方地说了一句“把你那柑橘给我也咪西几箱！”真是叫人大跌眼镜，把靠山吃山现场演绎了一遍。

靠山吃山，我们这个圈子里的主要表现就是“拍啥要啥”。少数电视记者是家里差啥拍啥，自己想啥拍啥。有年我去外地开会，当地电视台一同行讲他一同事的花絮：儿子脚长得太快，但从不自己掏钱买鞋。需要换鞋了，就扛上摄像机带着儿子，直奔鞋厂。厂方听说电视台记者要来，脸都笑烂了，通常厂长都带着厂班子成员集体出迎。这位老兄下车，一般不搭话，拉着儿子直奔样品室，指着琳琅满目的各种鞋对儿子说，“你自己选，看哪双合适”。儿子也从不怯场，麻利地试穿，选中一双穿上就走，一声谢谢都不说。

当然，我们这个圈子大多数的记者是敬业、扎实、正派的，有不守规矩的人不必大惊小怪。行业不正之风与权力和一定时期的社会生态有关。我们那个年代，在有的人的认知里，吃点拿点是小节，集体麻木。实际上这些所谓的小节会严重侵蚀我们的队伍，玷污新闻的纯洁。

当然，吃、拿、要，也不是电视圈独有的问题。我查阅了历史文献，1993 年，中央纪委三次全会专门确立了一个“三项工作格局”，要求纪检机关主要干三件事。哪三项呢？“党员领导干部廉洁自律；查办违纪违法案件；纠正部门行业不正之风”。各级纪委还专门成立了“纠风室”，由此可见，当年也有不正之风。

不正之风和权力密切相关，不同的行业，有不同的表现形式，但本质是一样的。不正之风的发生，有思想教育缺失的因素，还有管理不到位的原因，也有体制机制不完善、资源配置不合理等因素。

90 年代，曾有一段时间，很多新闻单位由于财政拨款不足，经费缺口大，电视台要运转就只能组织全员创收。记者创收，怎么创？有的记者就利用采访便利拉广告、拉赞助。拉广告、拉赞助，一个“拉”字很形象，因为广告、赞助一般是不会自己找上门来，需要主动出击。拉不拉得来，一要看采访、发稿资源如何，还需要记者日常与被采访单位的关系维护。于是有的记者把大量精力放在维护关系搞创收上，一门心思往那些有钱又想宣传的单位跑，主动提供周到细致的“新闻”服务，有的甚至成了一些单位的“代言人”。当年的各家银行宣传经费充足且宣传意愿强烈，就很受许多记者的热捧。有一年一家银行开个工作会，我去现场一看，小小的会场上去了十多个记者，现场有四台摄像机在晃悠。

记者创收，弊端是显而易见的，其本质是新闻换钱；另一方面，僧多粥少，拉广告、拉赞助的一拨没走一拨又到，基层单位不堪重负。社会上一度流行一句话“防火防盗防记者”。这是我们新闻事业发展过程的教训，好在有关部门及时踩了刹车。强力推行采编与创收的分离，坚决制止“有偿新闻”。这项工作今天都松懈不得。

我很汗颜，当时每年广告创收几乎都是零，一直排在全台倒数第一。这并不是我对钱有仇，我是觉得新闻很神圣，不能和钱挂钩。担心得人好处，受人掣肘！去采访的单位，人家给烟，我不要，因为确实是不会抽烟；人家安排去唱歌，我嫌那里空气不好，不去；人家喊去洗脚，我说捏起生痛，受不了；人家要组个麻将局，我是牌都认不完。每一次拒绝后，我大都选择一个人待在房间里，或蒙头大睡，或抽空捋一捋采访的思路。每一次拒绝，我心里都有一种轻松感，写起稿子来，顾忌就少了很多，这大约就是后来我在纪检机关经常听到的一句话：“越清廉越轻松”。

电视采编管理的进步是需要一个过程的。今天哪怕是最基层的新闻单位，在新闻管理、采访拍摄、编审流程等方面都有章可循，什么样的会议，什么类型的活动，怎么报道，发多长，放第几条，都比较明确，也有监督。但在20世纪80—90年代，电视的拍摄、编辑、播出管理尚无严格的制度规范，很多东西都在探索中。新闻管理、发稿流程一般比较粗放。比如节目的时长不固定，单条新闻长度无标准，同期声使用无范式。往好的说，是灵活，但往差的讲，就是不正规。每年六一儿童节，许多基层电视台里有小孩儿在读的家长必被孩子的幼儿园拉去。搞制作、干播音的全都出动，扛着机器直奔幼儿园，都是为了孩子，现在的话叫“蛮拼的”，去了以后父母心作祟，每个人都给自己的孩子拍个大头像编到新闻里。有一年六一，我去一个县采访，晚上看当地新闻，旁边的当地同行看着当天的本地新闻，指着屏幕给我看，这是单位里谁家的孩子，那是单位谁家的女儿……一组六一活动新闻几乎成了电视台孩子专题展播。

平日里拍新闻，也存在打内部油碟的情况。采访现场遇上至爱亲朋，也不管主题、镜头语言是否需要，硬生生地就从人堆里把人找出来，给个大特写，基本上是屏幕好大脸就有好大。

这类事情在今天的电视圈已经罕有发生。当年的许多事情，今天看来，就好像是一个个笑话，让人匪夷所思。不同历史时期，会出现属于那个历史时期的问题。时代在进步，我们电视界也在进步，我们都是从过去走来的。

写下这些往事，不是为了泼谁的脏水，而是不想忘了我们的来路，不再犯当年那些低级的错误！同时也记录下一段属于我们电视人的历史。

真实就是力量

某年夏天，重庆爆热，一早上班，走在单位附近的天桥上时，远远看到一群人聚在天桥一侧，桥下一个帅气的交警站在路口，对着空荡荡的马路打着手势，前面一个摄影记者正拿着相机猛拍，一边拍还一边指挥帅交警调整动作，交警很听指挥。拍了一阵，记者停了下来，走到交警身边交代了几句，然后径直走到不远处的马路边，两名群众模样的人早就候在路边，他们的身旁放着矿泉水和毛巾之类的防暑用品，记者比比画画地和两名“群众”讲了几句，又回到交警这边，调整好机器，冲着交警和两名“群众”喊一声：“开始！”交警又很熟练地打起手势，两名“群众”估计是因为围观的人太多，有些扭捏，抱着矿泉水和毛巾向交警走来，走到交警身边，交警停下活计，微笑着接过矿泉水……记者拍完这一幕，估计还不太满意，又开始给交警和“群众”讲“戏”，讲完，“群众”拿着先前递出去的矿泉水和毛巾回到路边。记者再次调整好机位，聚好焦，又发一声喊：“开始！”交警继续对着空荡荡的路口再打手势，“群众”又扛着矿泉水和毛巾走过来，天太热，交警和“群众”都已满头大汗。快走近时，记者喊：“把水拿出来！”“群众”赶紧从手上的纸箱里掏出一瓶矿泉水，记者又喊：“打开瓶盖，递给他！”“群众”放下纸箱拿出一瓶水拧开瓶盖，递给交警，交警感动地微笑着接过水。记者又喊：“喝一口！”交警一仰脖子咕咚来了一大口，记者接着又喊：“用毛巾给他擦擦汗！”跟在后面的另一“群众”赶忙拿上毛巾上前，做心痛状给交警擦汗。现场一位观众感慨地说：“新闻原来是恁个拍的，大热焐热的干这活路儿也辛苦！”

摆拍是困扰新闻摄影的老问题，有复杂的原因。

中国的电视新闻脱胎于新闻纪录电影，20 世纪七八十年代看电影，通常要在正片放映前加演一两部新闻纪录片，主要是宣传各地社会主义建设取得的成就。新闻纪录电影画面构图严谨、人物情绪饱满，基本都是画面加解说的表现模式。当年，在我们那代人心目中的电视新闻就是那个样式。

据老一辈纪录电影人回忆，那个年代拍新闻纪录电影政治性很强，当时电影胶片很宝贵，他们拍摄讲究一次过。一般拍摄前都要反复演练。拍摄的人物要精选，参加拍摄的人其政治表现、形象气质都要精心选择；场面要预设，需要多次探勘现场，有的还要置景；拍摄时，动作要整齐，情绪要饱满，画面要漂亮；服装必须整洁……那种领导干部带着一群人，登高远望，指点江山，以及在丰收的果园里，穿着崭新服装的美女喜摘硕果之类的画面频频出现。

80 年代的基层电视台里，入行干电视的人大都是看着新闻纪录电影长大的，许多人以前还是报纸或者电台记者，绝大部分人没有受过系统的电视拍摄培训，说实在的，那个时期的电视理论和实践都还不成熟，大家都在摸着干。

前段时间我翻看 80 年代中期拍摄的一些电视新闻，有点忍俊不禁。

柑橘丰收：采摘丰收果实的是几个穿戴花哨的城市美女，一看就是专门请来配合拍摄的，美女抚着果子两眼深情地看着镜头……

农业生产：挖地的农民，排成整齐的一行，动作高度统一，虽然干的是力气活，但大都笑得像一朵花……

工业生产：机床飞转，铁屑四溅，几个领导模样的人，来到机器旁，其中一人拿起一个产品和大家比比画画，不时还有人瞟镜头……

反映经济和成就的新闻，画面都离不开一台点钞机哗哗地点钞，还有一只手熟练地拨拉着算珠……

干了电视这一行后，每天都得琢磨电视的事儿，当时，我隐隐约约地感觉，我们在拍的电视，画面和解说是两张皮，解说词缺乏指向性，画面也很雷同。这些都有提升的空间。当时的电视记者都习惯拍万能镜头。我们圈内有个“一炮放十年”的故事。有个电视记者拍了一个改田改土开山放炮的镜头，只要是和农业相关的新闻他都要拿出来用一用。“某某地区掀起农田水利建设新高潮”拿出来放一炮；“某某地区大搞农田基本建设”放一炮；“某某地区调整农业结构取得新成效”放一炮；“某某地区高效农业建设又有新举措”又拿出来放一放；数据时间改一改，提法变一变，十多年反复用。还有个记者，上一年拍了个脐橙采摘画面，第二年，脐橙都还没熟，他坐在办公室打了一通电话，统计加估计，一条“奉节脐橙喜获丰收”的消息就出来了。当时的地区领导恰巧刚去了奉节，看了新闻，就纳闷，刚去看的奉节脐橙都是青色的，怎么电视上的都黄澄澄的了，为此还专门打电话过问。

那个年代，电视要探索的东西很多，给我们电视人的空间也很大，我们那种基层小台，电视记者拍摄、撰稿、剪辑，甚至解说配乐，什么都干，这对记者的能力也是一种很好的磨炼。在干中学，学中干，只要勤思考，就会有收获。

1989 年 7 月，我去一个县里采访。当地利用一个废弃的水库改建了一个游泳池，给当地群众提供了一个游乐健身的好去处，很受欢迎。我赶到现场，拍了许多泳池中的欢乐场景，还特别录下了现场声和一些生动的细节。回到台上，那些鲜活的场面总在脑子里浮现，怎么把这条新闻做漂亮一点呢？现场欢乐的戏水场景和声音，让我一下找到了切入点。我决定不写那种四平八稳的解说词，也不让解说词一贯到底，而是用现场欢乐场面的实况带入，然后出解说，这是记者什么时候在什么地方拍到的场面，再介绍这个泳池的来由以及画面背后的信息，中间还对画面中出现的人和细节进行介绍。播出后很受欢迎，都觉得耳目一新。从这以后，我对创新解说词写作更有兴趣了。后来，台领导还让我去给全区广播电视系统的领导讲一讲怎么写电视解说词，我胆子也大，上去就告诉大家：电视解说词不是报纸新闻稿也不是我们大家常写的电台新闻稿，电视解说词可以不完整，可以逻辑不连贯，可以……但电视解说词和画面、声音复合在一起，不是简单相加，画面、声音、解说、字幕互为补充，构成一个整体，逻辑和结构就是清晰而完整的。其实这就是一个多媒体融合概念，当时还是很新鲜的。

20 世纪 90 年代，有部很轰动的电视纪录片叫《望长城》，这部片子对中国人的电视理念是一个颠覆。它一改中国纪录片拍摄中规中矩，每个镜头用光构图精雕细琢的拍摄方式，大量采用长镜头同期声，把巴赞的长镜头纪实风格发挥到极致。我从这部纪录片中悟出了一些纪实的理念，特别是对电视同期声的运用有了新的认知。

1992 年我去四川江安参加“四川电视奖评选”，有个兄弟台有条送评新闻，说是在当地考古发掘中发现了一个陶制乐器，类似埙那种。这条新闻采用传统的画面加解说词的方式，介绍了这件古乐器的特征和价值，观众特别好奇乐器的声音，本来用一段同期声就清清楚楚了，但作者却费力地用解说来描述声音。由此我想到一个长期被电视人忽略的电视表现元素，那就是电视同期声。我很快写出了一篇《不要忘了摄像机的耳朵》，用一万多字系统阐述了电视同期声的价值和运用，这是国内较早专门研究电视同期声的文章。我提出电视同期声能极大增强电视新闻的真实性；同期声是重要的现场信息，可以让受众真切感受到现场的氛围；同期声可以给画面定位，确立这一个是这一个，强化画面的指向性；同期声可以丰富电视表达的形式，与画面等多种信息表现元素形成信息场，实现更有效更真实地传播。文章后来还被收入社科文丛，算是我比较重要的电视理论成果。

在实践中我意识到，电视报道如果让人觉得和现实的状态有很大差距，传播的力量就必然减弱。有人说，我们不能简单复制生活，电视报道需要提炼。我不否认，但提炼不能牺牲真实，对电视报道而言，真实就是生命，真实就是力量。

有一年，我有幸被某大台拉去拍摄一期反映三峡移民的专题节目，主题是移民的新年。大台拍摄流程很规范，画面的技术质量要求很高。这让我很开眼界。但也许是技术、播出的高要求，有的大台同行在拍摄方式上就更注重形式，有时甚至宁愿牺牲真实。这让我有些难以接受。比如，为了画面漂亮，在移民新城建设工地，他们要求打石头的石工全部穿上崭新的工作服戴上崭新的安全帽，为了画面更有气势，把不是石匠的人也拉来排成一行，拍摄时举锤击打的动作要统一，声音节奏要一致。这还不是极致的方式，当时距春节还有十来天，摄制组考虑制作和播出时间后，决定让移民提前过年，于是找到一家三代同堂的移民，从贴春联、发红包到吃团年饭，弄得像真的一样。初二播出时，告诉观众这是大年三十某某地方的移民在喜过新年。虽然没有人看出破绽。但我对这事耿耿于怀，我执着地认为，新闻必须真实，形式服务于内容，我拍电视新闻坚持到现场，挑（选择内容）、等（等待时机）、抢（抓住关键），绝不做虚假新闻！

有位著名的电视纪录片导演讲过一句话："有虫眼儿的苹果肯定是真苹果，没虫眼儿的苹果不一定是真苹果。"我一直记得很清楚。

有一年，一名持枪歹徒被公安围捕，我赶上了，跟着公安干警在大山上搜索。公安干警从四面收缩包围圈，歹徒躲在一灌木丛中，眼看警察越来越近了，歹徒先开枪，警察比较敏捷，感觉到灌木里有异动，赶紧闪身滚到路边坎下，枪响时我正好开着机在不远处拍摄，立即扛着机器奔了过去，警察全都围了上来。从歹徒被锁定到歹徒被抓获的完整过程都记录下来了，但由于紧张和慌乱，镜头摇摇晃晃的，有的镜头焦点也不实，当时有人建议是不是再拍一遍，我拒绝了，虚焦和镜头的不稳定，我觉得正好反映出现场的紧张和不确定性，这比事后补拍的"高质量"画面现场感强得多，真实在这里是一股巨大的力量，播出的效果证明了我的判断。

从 20 世纪 80 年代到今天，四十多年了，电视新闻采编的实践和理念发生了质的飞跃，我见证并经历了这个过程。几十年来，我常常都在思考电视新闻怎么才能拍得真实！如何才能做到不失实！我始终觉得真实才有记录的价值，真实才有传播的力量！

用镜头记录点滴变化，用纸笔书写时代变迁。记录者，记录着!

ISBN 978-7-229-18787-3

定价：68.00元

阳光照进深深的小巷

孩子们在里面欢跑

目录

回不去的从前

一晃数十载，匆匆又一年，岁月不堪数，故人不如初。过去的日子如同退潮后的沙滩，徒留下浅浅的痕迹；阳光洒在小巷青石板上，照亮孩子们脸上纯真的笑容。流淌的三峡水、童年的小院子、故乡的老城墙、没盖章的奖状……一张张泛黄的旧照片，静静诉说着往昔的故事。时间总在不经意间流逝，追寻记忆里的美好与感动。那些随时光老去的情节，仿佛一曲悠扬的古老乐章，在心底淡淡划过；当流年慢慢淡去，唯有文字残留着未散的温度。

回不去的从前

黎麽在目

温暖的往事

现在正是一年中最寒冷的季节，我总是想起一些温暖的往事。在五十多年人生中，思来想去还是小时候家里的蜂窝煤小炉最温暖，它带给我的不仅有身体的温暖，更有精神的温暖。

小时候，我和父母还有哥哥生活在一个小县城，那时的冬天感觉比现在冷很多，但内心的暖意却很强烈。

当年没有空调，家家户户几乎都有一个蜂窝煤炉，呈圆桶状，做饭、烧水、取暖，不可或缺。蜂窝煤炉设计得很巧：炉子中间是耐火材料做的炉膛，与铁皮桶之间填满了土；炉膛上面有块铁板，加盖一个像打击乐器钹的火盖，正中有一小孔；炉膛下面则是用生铁铸成的炉桥，炉桥与桶底之间有一个空间和一个通风的圆孔，从桶壁上凸出来，上面盖一铁盖，盖子上有个圆孔，有些讲究的，还设计了一个小机关，通过调节空气进入炉膛的多少来控制炉火大小。

冬天，学校放假了，父母上班，我和哥哥留在家，早早地把

蜂窝煤炉烧得旺旺的；外面吹着冷风，一出门，冷得直跺脚，但坐到炉边，一下子就暖和了。

记得那时寒假作业也不少，语文、算术、毛笔字要写好几本。冬天里，写作业的时间一长，手就会发硬，不灵活。于是我们把小木凳放在火炉边，边暖手边写作业，不仅效率高很多，还有一种特别的温暖感。

寒假一般临近春节，而春节往往是最让孩子们期待的节日。过节时家家户户通常都要备些瓜子、花生、广柑等零嘴。当年物资匮乏，这些东西得凭票供应，数量很有限。供应的两三斤瓜子花生还是生的，大都舍不得吃，要等到大年三十晚上，一家人围在火炉旁，用沙子合着炒香，装上一盘，作为年夜的美食享用；其余的便装入罐中，春节期间客人上门时才拿出来待客。平日里为防止孩子在家偷吃，新买回来的瓜子花生都会挂得高高的。

每天早上，父母出门前都要交代一番：不能光是玩，不要偷瓜子花生吃，作业完不成，春节莫想耍……可是小孩子嘴馋，哪等得到年三十，看着挂在墙上的瓜子花生，一边写作业，一边老惦记，心里毛焦火辣的，写一个字，吞一口口水。这是一种煎熬，是一个小孩最激烈的思想斗争。但最终还是对美食的渴望战胜了父母的交代，忍不住搭上凳子，利索地爬上去，一边在心中默默地告诫自己：只抓一小把，下不为例；一边慢慢伸出手去，只是当手伸进袋子、触到瓜子的一刹那，便“手不由己”了。先狠狠地抓上一把，然后迫不及待地跳下凳子，直奔火炉边，麻利地盖上火盖，把瓜子放在铁火盖上炙烤。边烤边用小木棍拨弄，以让

其均匀受热。烤瓜子时把握好火候很重要，翻得要勤，火不能太大。烤到快熟还略生时，凉一凉就香脆可口，热食正合适；如果放一放再入口，可能就糊了。烤焦的瓜子，会吃得人满嘴黢黑。

烤不了一会儿，瓜子便会在火焰的炙烤下油脂外溢，瓜子壳发出噼啪的声响，香气直扑鼻孔。抓上一颗，两指一捏，烫得慌忙丢进嘴里，真可谓是“一热抵三鲜”。

像这样背着父母偷吃过年用的瓜子花生，最要命的是一发不可收：爬上凳子，掏了一把又一把，小手在嘴的指挥下，根本停不下来。我们街坊的一位兄弟，天天悄悄掏食家里的过年瓜子，每次作案完成，还不忘巧妙伪装。等到大年三十，一家人高高兴兴围在火炉边，他爸爸一脚踏上木凳，伸出有力的大手，使劲一提瓜子袋，却是空落落的，气得捶胸顿足，以至于这兄弟年三十都挨了一顿胖揍。

记忆里我们偷食瓜子时的快乐与挣扎，其实是个欲望与自律残酷较量的过程，那种兴奋愉悦同时又心怀忐忑的感觉，实在美妙。

细数我温暖的记忆，必然缺不了儿时除夕的夜晚。这一夜，平日里舍不得吃的食物被积攒起来，堆满了桌子。炸酥肉，翻滚的热油逼出肉和花椒的炙香，从油锅里捞出一块，忙不迭地塞进嘴里，即使被热油烫得小嘴一张一张的，也仍会期待着再来一块。在热沙的熨烫中，花生发出噼啪的声响，那是炒制完成的信号，在当时可算得上是最悦耳的声音。一边炒，一边吃，一边炸，一边尝，那个滋味，是真的香！

这一晚，每个人都很欢喜，小孩子更是兴奋得跑前跑后。屋

里的灯开得亮亮的，炉子的火盖全打开，火燃得旺旺的，让人没有一丁点的寒意。夜深了，一家人还围在炉火边，那些讲了不知多少次的故事，在这一夜怎么听着都是新的。

儿时的除夕夜，无论多么温暖的被窝，我们都久久不愿钻进去，因为围着炉火更温暖。这样的温暖，不仅是个温度的问题，更是情感问题。火炉烤近了人的距离，烤暖了人的内心。小火炉可以把亲人、朋友，甚至素不相识的人聚在一起，在信息不畅、物资匮乏的年代，这里有上下五千年，有天南地北、有家长里短、有生活窍门，还有烹煮食物冒出的馋人香味。虽然今天我们有了地暖、空调，舒适度变高了，但我感觉人与人的距离却没有小火炉拉得近……

童年的小院

院子是很有趣的一个生活空间，我拍摄院子已经有二十多个年头。以前的院子往往住着多户人家，人际交往多，故事也很多，院子的公共属性突出。现在独门独院多，讲究隐私，追求独享。

我是 60 年代中期出生的人，对 60—70 年代的事情还隐约有一些记忆。那时，县里经常召开万人大会，乌泱泱一广场人，口号声震耳欲聋。大街上白纸黑字的标语特别多，也特别刺眼，标语中，“打倒”两字出现的频率最高，通常“倒”字都写得歪歪扭扭，以示打的力度……整个县城“斗争”氛围浓烈。但我们家居住的小院却是例外。

我的父母工作的单位叫盐业批发部，在我们国家，盐历来都是专卖品，盐业批发部的管理体制有点特殊，垂直管理，也就是说，驻地对它没有管理权。批发部人不多，只有 5 个人。其中我的父亲母亲和一位女会计都是万县（今万州区）人，另外一个部队下来的保管员，老家在山东，地地道道的本地人只有一个。我

的父亲是批发部的负责人，带着 4 个人守着两栋仓库，承担全县的食盐运销工作。单位小，人又少，上级隔得又远，地方还管不了。这在那个特殊年代，实在是一个远离纷争的好地方。

盐业批发部没有挂牌，当地人图省事就叫“盐仓库”。批发部临街有间营业室，是开票收款的地方，木地板、木窗户，里面放着三张斑驳的办公桌。营业室外有一道不足一米宽的狭窄小巷，巷子中间开一门，里面住着会计一家。出小巷是一个约 20 米长的通道，通道两边是两个大盐仓，端头连着后院，院里住着我们一家和山东人张伯。

会计的丈夫是南下老干部，当兵出身，姓吴，县煤建公司经理。花白的头发，直直的，和性格一样。吴经理爱喝酒抽烟，隐隐约约记得他讲过当年参加打济南活捉王耀武的事。会计家老头级别高，生活相对比较宽裕，家里经常包饺子、喝酒。和我们一起住后院的山东人张伯，年纪比我父亲要大，大高个儿，花白的头发，轮廓分明的五官，当时即使快到退休年龄，仍是相貌堂堂。人们都管他叫张老头，我叫他张伯。张伯阅历丰富，但不圆滑。他读过书，经常在屋头翻他那本《三国志》，然后据此给我们讲“三国演义”里哪些地方是演义的。他曾在国民党部队干过，据说是在军乐团吹大号，1949 年在成都起义，参加了解放军，然后进军西藏。长年在外闯荡的他，见多识广，动手能力特别强，比如，我们院里有老鼠，他就马上动手做了一个捕鼠笼，一抓一只老鼠。他干事有主见，喜欢琢磨，比如一般人都是把红萝卜用来做泡菜吃，他却偏要搁点酱油炒来吃。张伯性格直率，看不惯的便直接

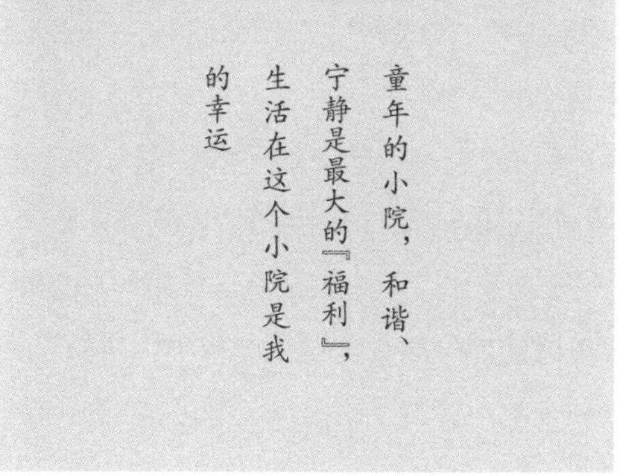

童年的小院，和谐、宁静是最大的『福利』，生活在这个小院是我的幸运

开骂。当年我们这儿天天演八个样板戏，他见京剧样板戏用钢琴伴奏，就很生气，大骂“什么玩意儿”，当时院里的广播里天天喊“宁要社会主义的草，不要资本主义的苗”。他也很生气，斥之：“不要苗，喝西北风啊！”我父亲胆小，听到他骂，多数时间不说话，偶尔尺度太大，也忍不住提醒一句：“张老汉儿，少说点！”张伯往往会更带劲，通常回怼一句：“我就这么说，现在这个是个什么事儿？”尽管张伯经常说些“出格”的话，但即使在那个特殊年代，小院里的人也从不打小报告，因此张伯一直都是口无遮拦地说着他想说的话。

我们住的院子，一百五六十来平方米，我们家住在最里头的一间十多平米的瓦房里，张伯住另一端一间小瓦房，院子旁边还有两间连着的破屋，一间是公用厨房，一间是轻松山房。院子里有三口大瓦缸，最大一口直径约两米，高度和十来岁的孩子齐平，估计是以前的酱缸，里面储满生活用水和消防水，水缸要是搁到现在绝对是文物级的宝贝。

三家人工作、居住都在院里。院里种了鸡冠花、美人蕉、龙爪菊……特别显眼的是那株一人多高的玫瑰花，常年花满枝头，香气扑鼻。每年春节前夕，张伯和我们家就用花瓣制作汤圆馅，包玫瑰汤圆，直到今天都是美好的味觉记忆。院里大瓦缸里养了那个年代少见的金鱼，有一条头顶深红叫鹅顶红，还有一条眼如灯笼叫灯笼，它们成天不慌不忙在缸里游，很萌的样子。院里还有一群信鸽飞来飞去，一只白底黑花的土狗经常撒着欢儿在院里奔跑……天上飞的、地上跑的、水里游的全有。我的童年，每天

就在这个小院里和撒欢的小狗一起玩耍，有空还去看看安安静静孵着蛋的鸽子，有时还守在大瓦缸边，看鼓着大眼睛的金鱼摆着大尾巴游来游去。在不同季节我会适时把收集的花种播撒在土里，从它破土而出到慢慢长大，然后开花结籽，全都看在眼里、记在心底……

回想起来，20 世纪 60 年代末 70 年代初，外面闹得最厉害的时候，却是我们小院最安静的日子，在这个被“遗忘”的角落，和谐和宁静是最大的福利。

小院里的人纯净，互不设防，甚至不分彼此。我们家、张伯家的门，随时都是敞开的，张伯屋头有些什么东西，我都门儿清，随便拿，全不把自己当外人。张伯炒菜，我会守在锅边趁热夹着吃。小时候，最盼望的是张伯每年回山东探亲回来的日子，他一离开我就掰着指头算他的归期。因为每次张伯回来都没让我们失望，总会带上许多让我们惊艳的礼物。比如烟台苹果、莱阳梨，那个甜，那个嫩，现在想来都流口水。这些东西在那个年代是绝对的稀罕之物。有一年，他在山东老家甚至用葫芦精心雕了个蛐蛐罐，抓了几只山东蛐蛐，放在贴身的内衣里暖护着带回院里。山东蛐蛐体形比我们南方的蛐蛐大很多，黝黑黝黑，壮壮的。张伯说，养好了，它们会打架。一连几天，我们一有空就围着张伯，想看看山东蛐蛐打架是怎么个打法。无奈，山东蛐蛐终是水土不服，没几天就死掉了，这是我最早对小动物的牵挂。

小院中午是一个安静的时段，特别是夏天，大人午休了，院里麻雀就来了。那个年代麻雀是“四害”之一，人人得而诛之。

我们就在院里用小木棒斜支起一个竹筛，木棒上系上一根长长的麻绳，竹筛上再压块砖石，筛下面撒些稻米，外面零零星星的也要撒几颗，目的是要把麻雀引入筛中，然后人握着麻绳的一头躲在暗处。不一会儿，一只或者两只麻雀翩然而来，它们小心翼翼，脑袋灵活地不停转动着，估计是在感知周围的危险信息。它一跳一跳地在竹筛周围寻觅，这时候，撒在筛子外边的米粒就会发生作用，引导着麻雀一点一点接近筛子。麻雀来到筛子边的时候，大都会停下来，不会一下进入筛子里面。它会伸出头去筛子里啄一颗米粒，然后迅速地又缩回来，连续几次，有时还会跳进筛子翅膀一闪又迅即飞出，这个时候，拉绳的人要沉得住气，不能发出一点声响。侦察雀几番试探之后，才会进入筛子里大胆啄食，这时还是不能行动，要放长线钓大鱼，来个欲擒故纵。侦察雀美美地吃上几颗米粒后就高兴地飞走了，一会儿，大群的麻雀就随它飞来。聪明的麻雀会如先前一般围着竹筛来回试探，确认安全之后，才成群结伙地入筛美餐，这时猛拉手中的绳索，筛子扣下，进筛的麻雀就都被罩在筛里。这个过程，有经验的积累，对耐心的考验，还有对时机的把握，相当刺激、有趣。

现在回味，小院最富诗意的是夏天的夜晚。太阳落山，我们急急忙忙给院里的空地浇水，让焦渴的土地得到滋润，燥热随着水汽快速蒸腾，院子里温度很快降低不少。摆上小木桌和睡觉的凉床，端出做好的饭菜，通常有绿豆稀饭、脆爽的泡菜、炒土豆片、凉拌豆芽……偶尔会有从外面买回的卤菜，有卤菜的日子，孩子们会兴奋得一边咽着口水，一边跑上跑下，干活儿比平时卖

力许多。晚餐，我们家和张伯家菜饭是不分你我的，大人们一边吃，一边会讨论菜的咸淡脆硬之类，讲一些以前吃过的美味故事，同时商量着明天或者以后找些什么食材来大快朵颐……入夜，天空清澈，星星闪亮，我们孩子就躺在凉床上数星星，有时一不小心用手指了月亮，大人说这会在半夜被割掉耳朵，于是我们会在大人的指导下念一阵解咒语，直到入睡都很惶恐，第二天一早醒来，第一件事就是摸一摸耳朵还在不在。而轻松的夏夜通常是这样的，张伯拿出他的那把龙头蟒皮二胡，拉出悠扬的《良宵》，中途穿插讲述一些有趣的往事。最有幸福感的夏夜，是母亲“开后门”去隔壁冰糕厂买回来几块白冰，放在搁了白糖的凉开水中，一大搪瓷盅，传递着一人一次一口地喝，每次轮到自个儿的时候，都有一种重大机会降临的激动，猛吸一口，那个冰爽，是到现在好多年都没有找到的滋味了。

当然，小院生活也有紧张的时候，“文革”最混乱的时期，停课停工闹革命，许多单位陷入了瘫痪，我们的小院虽然没啥波澜，但盐业批发部的上级单位，造反派已经夺了权。批发部所在的县城也越来越不安宁，开始是文斗，贴大字报，对骂，歇斯底里地骂，专赶对方的痛处骂，还都说是誓死捍卫毛主席，后来两派起了肢体冲突，打起了瓦片仗，最后动了枪炮。我们三家人不敢出院子。枪一响，母亲赶紧把我和哥哥搂在怀里钻到桌子下面，大气都不敢出。后来想到了一个好办法，风声一紧就躲到盐仓库里，盐是战略物资，两派的人都不敢来冲。一次会计家老头被他们单位的造反派追得急，要被揪去批斗，得到消息后会计急得快

掉泪，小院里的人一下想到了藏身之地——把老头藏到盐库里。造反派追来要人，一群人围在盐仓门口喊口号，父亲和张伯一口咬定没看见，领头的造反派说要进盐库搜，父亲和张伯一下威武起来，指着带头大哥说：这是盐仓库，出了问题你们负不起责。来的一群人只好悻悻离去。会计夫妇躲了一夜，第二天赶紧乘船外逃，免受了皮肉之苦。

随着局势持续紧张，盐仓库里的盐越来越少，省内自贡、云阳的盐厂都停工闹革命，不产盐了。父亲很着急，不停联系上级单位，但上级单位原来负责的人都已靠边站，打电话找到造反派头头，对方说让就地发动群众依靠群众自己解决。父亲是一个责任心极强的人，思考再三，决定只身去沿海调盐。母亲和单位的其他人都很担心，因为当时全国都是一片混乱，轮船、火车大都不能正常开行，抢班夺权、派性斗争搞得人心惶惶，父亲却说：如果不弄盐回来，要出大事。

晚上，昏暗的钨丝灯下，父亲趴在桌前，仔细写好介绍信，又一连检查了好几遍，然后小心翼翼地盖上章，放到人造革包包的里层；母亲不放心地给父亲准备了衣物和毛巾牙刷，还有几十块钱路费、生活费以及全国粮票。第二天一早，父亲穿着那件平时舍不得穿的灰色中山服，戴顶蓝色的布帽，顺着依斗门的石梯走向河边的码头，孤独的背影至今还清晰地印在我的脑海中。父亲去了浙江舟山盐场，个中的艰难困苦他没讲过，但那次，他把盐是调回来了的，200 斤一包，竹篾包装，乌黑乌黑的大颗粒晶体海盐，很粗，味还涩，但总算救了急。

我们的小院变得热闹，是在父亲和张伯开始养鸽之后。

我们的院子宽敞，父亲、张伯上班就是等着挑盐的人、运盐的车来仓库提货。他们可以一边上班，一边洗菜做饭，一边聊天。工作、生活，两位一体。大约 1974 年以后，许多人对成天斗来斗去有些厌倦，小县城很多单位当时还处于停工停产或半停工半停产状态，人们都比较闲。当年，麻将还没有现在这么普及，也没电视，连书都很少，八个样板戏就是文化生活的全部。父亲和张伯这个时候迷上了养鸽，张伯手巧，自己用木料做了鸽笼，钉在屋檐下。每天一早打开笼子，几十只信鸽一飞冲天，绑在鸽尾上的鸽哨发出“呜呜”的哨音，一会儿就飞得无踪无影，正当鸽主人焦急万分的时候，突然从一个意想不到的方向飞回头顶，然后一个俯冲落下，看得人入迷。好的信鸽带到几千公里外的陌生之地放飞，也能自己飞回家，我们院里养的一只灰色雨点雄鸽就从上海飞了回来，用了足足 48 天，这 48 天，它经历了什么，我们不得而知，太神奇了！

我们院里的鸽子养得好，逐渐有了些名气，到我们的小院里来的人也越来越多，干部、船员、瓦匠、厨子……形形色色，从上海、武汉、南京、重庆、成都……天南地北而来。来到小院，他们有一个共同的名字叫“鸽友”。

每天，院里来得最早的是高胖子，一个饭店的厨师，脑袋圆圆的。夏天，他通常只穿条短裤衩，赤裸着上半身，皮肤呈古铜色，一早来，就坐在竹椅上，那模样总让人想起后来电视剧《西游记》中那个如来佛。高胖子声音洪亮，记忆力特好，《三国演义》《水

浒传》《隋唐演义》烂熟于心。他爱抽烟，但因家里子女多负担重，从不带烟，只带一烟嘴和打火机，人家发烟就赶紧接着抽。他有些厨艺，经常和张伯探讨菜的做法。记得一次他和另一鸽友打赌，能不能 5 分钟把一只活鸡做熟，最后张伯专门买来一只小鸡，他不慌不忙弄来两个小火炉，一个烧水，一个烧油。一声计时开始，只见他操起菜刀，麻利地在鸡脖子上划了一下，转身拧着鸡在滚开的水中转了几圈，三两下拔下鸡毛，剁成小块，一秒都没耽误放到另一口青烟直冒的铁锅中翻炒，加料……不到5分钟，鸡熟了，现场一片欢呼。

小院里最热闹的时候是每年春季集鸽的日子。入夜，鸽友们从四面八方提着自己精心饲养的信鸽陆陆续续来到院里，对脚环上的号码登记核对后，几百只信鸽被集中关在竹制的大鸽笼中，要摆满满一院子。鸽友们表情兴奋，互相打探一些训练饲养选育的信息，用一种专用的放大镜框在鸽子的眼睛上细细地看鸽子的眼沙，有经验的鸽迷通过鸽子的眼沙能看出信鸽的优劣……第二天一早，集在一起的信鸽由专人护送到预定的放飞地，由当地鸽协的人对登记的信鸽再次进行信息核对，然后放飞。飞得越远，耗时越短的信鸽被认为是优秀的信鸽，鸽友们乐此不疲。

小院是信息汇聚地，也是那个特殊年代难得的心灵安放处，对于少时的我，更是知识的泉眼。在我的记忆中，父亲的双腿是我最温暖的座位，我十来岁的时候还经常斜坐在父亲的大腿上，头倚靠在他温暖的怀抱里，静静地听大人聊天。当时的鸽友有很多是轮船上的船员，船一靠岸，只要有一两小时停靠时间，他们

都会直奔我们小院。小院是他们行走长江的精神寄托处，他们来见见鸽友，也把长江沿线的最新信息带了过来。记得有一位姓朱的老船长，高高的个子，一口地道的重庆口音，不紧不慢，举手投足间透着优雅与慈祥，我特别喜欢听他聊天。一次，他带着我去了他的驾驶室，我诚惶诚恐，要知道，对我来说当年的轮船和今天的太空飞船一样神秘。我第一次见到轮船的航舵，第一次透过驾驶室的玻璃看到了长江，最后，老船长还让我喝了一杯当时觉着苦得难受的咖啡。回到家，我兴奋得一夜难眠……

这个小院的生活方式，在20世纪60—70年代的政治环境下，是相当少见的。当然也会遇到一些冲击。记得当时，遇上整风运动，地方上就有人批评，说这里是“资产阶级生活方式”，父亲就很惶恐，因为信鸽满天飞，目标大，他就把鸽子关起来，尽量不弄出动静。最痛心的是我和哥哥的那只小花狗遭遇了打狗运动。居委会的人连续来了几次，说是必须打掉，我和哥哥摆出了一副誓与花狗共存亡的架势。但父母最终还是扛不住了。

那天，父亲对我和哥哥说：“今天下午我要去碛坝盐场，你们两个跟我一起去。”我和哥哥不知是调虎离山之计，高高兴兴就跟着去了，走在八阵图遗址的石滩上，我俩兴奋不已，看着千奇百怪的石头，我们一会儿说这块像羊，一会儿说那块像猴，一路欢天喜地……下午5点多钟，我们哥俩打打闹闹跑回家，眼前的一幕让我俩惊呆了，我们的小伙伴小花狗倒在了血泊中。原来，我和哥哥离开家后，妈妈也躲到几公里外河边的一艘驳船上。县打狗办的人带着一个叫叶疯子的人到了我们院里，叶疯子又叫狗

阎王，专门打狗。他用一根铁丝做成一个活结，套住小花狗的脖子，然后用锄头猛击狗头，小花狗的半边脑骨被击碎，但强大的求生欲望，让小花狗爆发出惊人的力量，它居然挣脱了铁丝，冲出院门，一路狂奔，一路哀号，我不知道它是凭着什么，居然找到了几公里之外躲在船上的母亲。看着鲜血直流的小花狗，母亲失声痛哭。母亲抱着小花狗跌跌撞撞地回到家里，她没有能力保住小花狗，这成了母亲心里永远的痛，也是我心里永远的伤。这是小院里发生的最让人伤感的故事。

在我的童年，能够在自家的小院里接触那么多形形色色的人，见识那么多有趣的事，这是我的幸运。那个逝去的小院，以及小院里发生的那些或温暖或伤感的故事，是永远无法复制和再现的。童年的小院是我人生的启蒙地，是那个特殊年代的世外桃源，如果能够穿越，我最想回的就是童年的小院。

老城墙

重庆电视台拍了部纪录片《城门几丈高》，我就老在想，几丈是多高？按一丈约等于 3.3 米计算，几丈高的城门不算高啊！但在我的印象中，小时候生活过的古城奉节，那个城门很高很高，我的心里一直都在仰望。

一张拍于清末的奉节老城照片，让许多人看到了当年奉节老城的雄姿。三道城门以高高的城墙相连，面江而立，一字排开。中间的依斗门是视觉的中心，城门、城楼高大庄重，小南门、大西门左右拱卫，巍峨之势，给人以固若金汤的厚重感。

据清朝光绪时期的《奉节县志》记载，明成化十年，当地郡守李晟砌石垒城。用公历换算，这事发生在 1474 年。算起来，到我小的时候，奉节老城墙已经在长江岸边屹立了 500 余年。500 年的风雨剥蚀，让我当时看到的每一块墙石，都被岁月磨去了棱角。

城墙是小时候的我和同伴最爱去的地方。那里有整齐的城垛，有长长的石墙，还有磨得溜光的石板小道。城墙是一道屏障，分割出两个不同的世界，里面是生活，外面是风景。透过城垛的方孔，可以看到奔流的长江，看到江上点点的帆影，石板小道更

故乡的老城墙留下我童年的足迹，
今天它们都已淹没在水底

是我和伙伴们追逐打闹的绝佳场所。

小时候最喜欢透过城垛看看城墙外的风景。七八岁的孩子，身高有限，要想看一眼，得想方设法，最好的办法就是约上一两个小兄弟，骑在对方的肩膀上轮流打望。因为年纪太小，每次骑上伙伴的肩，下面的人就开始抖，大约就是现在经常讲的“扛不住”和“洪荒之力”吧。这种人扛人的观看方式，看的时间太短，很不过瘾，而且看的人和扛的人还会经常因为骑在肩上看的时长起争执，后来便约定一骑上肩就开始“1、2、3、4、5……”数数计时。不过尽管如此，玩的时候还是常常会为对方数得快或慢发生冲突。这是我们那一代人独有的一些记忆。

那个年代，孩子的娱乐方式和今天的孩子比起来有着很大的差异。我们当年更多的是因陋就简找乐子，在城墙之上，向下扔石头，看着石头坠落。不同形状，不同大小、不同重量，甚至不同厚薄的石头，下落的姿态是不一样的，细细观察，能长见识。那时的城墙很高，墙外也没有乱七八糟的建筑，一块石头扔下去，几十米的高度要持续几秒钟才听到“砰”的一声落地。如果扔的是纸片、树叶之类，飘飘悠悠的，姿态更美，持续时间更长。

后来，随着人口增多，原本空荡荡的城墙根下，有人搭起了小窝棚，再后来又有人建起了小瓦屋，城墙渐渐被杂乱的建筑物淹没……

我常常在想，要是老城不淹没，下一点决心，清除掉城墙根下那些丑陋的建筑，把老城“亮”出来，那将是一道多么美丽的风景。

罚跪的童年

教育孩子方法很多。和风细雨式、言传身教式、拳脚相加式，还有综合施治式……在我的儿时记忆中，罚跪是一种很有威慑力的教育方式。

罚跪，虽不打不骂，但如慢火炖肉。以跪为罚，不伤体肤，却磨人心性。

孩子犯错了，父母罚跪。罚跪的场所、时长，通常与犯错的严重程度和父母的愤怒程度有关，比如跪在石板上，让皮肉顶着石板，软碰硬，顶得皮后面的膝盖骨一阵一阵酸痛，难受得很，如果再选个日照充足的地方，就更是雪上加霜。最难受的恐怕还是让好动的孩子几小时不得动弹，憋得难受。

有的孩子被罚跪，父母交代完政策，一旦孩子跪下，他们就自己忙自己的去了。有的父母会过一阵就过来督察一番，聪明的孩子便等父母一转身就溜到一边继续淘，一有响动马上跑回来正襟危跪，做诚心悔过状。如果是两个孩子一起罚，经验丰富的父

母会让同时罚跪的两人互相监督，但此招一遇到跪娃订个攻守同盟就立即土崩瓦解。犯错的孩子最怕遇上较真的父母，他们找个凳子坐在旁边严防死守，遇上这种情形大都无计可施……

我家附近一孩子，生性顽劣，一日，趁邻居不备，往人碗里猛撒一把盐，一碗可口的饭菜白白浪费了。邻居告到孩子父母处，孩子母亲大怒，四处捉拿，终于在一草堆里将其擒回，扯着孩子的耳朵带到邻居的面前就要动手。邻居笑笑，摆摆手，大度地说："打就算了！"站在旁边的孩子父亲接过话头："不打也要得！那就罚跪！让他跪着好好想想错在哪里！"孩子被带到家里堂屋能看得着的地方，父亲厉声说："跪下！好好反省！"孩子乖乖地跪下了，父亲回到房里，泡杯茶，远远地看着。我们几个邻家的孩子围着看，起初，那孩子还朝着我们瞪眼，等跪了一阵，就再没了瞪眼的精气神了。我们看一阵热闹后也没了兴致，自顾自地玩耍去了；被罚的孩子，听着我们欢乐的嬉戏声，一次次想站起身，每次都被远远盯着的父亲给喝住了。看得出，对好动的孩子来说，罚跪比胖揍一顿难受多了。一个多小时过去了，孩子父亲不慌不忙地走到孩子身后，大声问："想得怎么样了？"孩子赶紧汇报思过心得，父亲听一听丢下一句："没想清楚！"说完又不慌不忙地回屋喝茶去了，等过一阵，仍是不慌不忙地走到孩子身后，问一句："想得怎么样了？"孩子迫不及待地回复，父亲丢下两个字："再想！"这下还没等父亲回屋，孩子就带着哭腔："我再也不那么干了……"

现在用罚跪的方式惩罚孩子、教育孩子已经很少见了，估计

一些边远的地方还有。孩子的教育，是个长期、细致的活儿，简单粗暴不得。关于教育，孔老夫子说得好：因材施教！就是要根据不同的情况，不同的人，选用适合的方式。

第一张奖状

清理旧物，发现一张奖状，颁发时间：1973 年 6 月 1 日，儿童节。已经 51 年了。它是我人生中获得的第一张奖状。今天从一堆旧物中被发现，勾起我一段尘封的记忆。1972 年 9 月，我开始念小学，记得学校叫“光辉路小学”。应该说小时候的我，还算得上是个聪明娃儿，读书并不怎么费力，但有些淘气，上课好动，喜欢找人说话，尽管如此，成绩在班上仍名列前茅。期末了，班上评三好学生，要开全班同学大会。我的班主任是一个姓海的回族老太太，胖胖的，写得一手漂亮的板书，说话一板一眼，声音浑厚，平日里表情极严肃。

因为是第一次参与评选，很期待，心里怦怦直跳，海老师严肃地宣布了评选条件……按成绩，我顺利入围，宣布完名单，海老师像是顺口说了一句：“同学们有什么意见？”这时，一个同学嗖地站了起来：“老师，黎延奎上课说话。”我现在都记得那位同学当时的神情，脸涨得通红，一脸的不服。海老师闻言先是

一愣，随后两眼紧紧盯着我。我心有不甘又底气不足地嘟囔着“我没有我没有……”

我最终被取消了资格。这种打击是刻骨铭心的，对我的教育也是深刻的。第二学期，我洗心革面痛改前非。一晃又到了期末，又评三好学生。这次群众的眼睛是雪亮的，我没有任何争议地入选了。在学校的总结大会上，我很享受地听校长念名字，然后登台领奖，心里美滋滋的。从学校一出来，拿着奖状，蹦蹦跳跳就往家跑，路上遇见熟人，都要故意亮一亮奖状，由此收获了不少虚荣。正当我得意洋洋，爸爸单位的一位同事拿着奖状看了看，一撇嘴：“你这个奖状哪个没盖章哦？是假的。”闻听此言我一把夺过奖状，定睛一看，顿时傻了眼，确实没盖章！我欲哭无泪，赶紧跑到学校，可学校已经放假了。好不容易等到开学，因为我们这个班已被转到另一所小学，再去补章时颁奖学校已没人受理。现在想来，这张奖状在我和发奖状的人的心里，分量是大不一样的，他们可能事情过了就过了，这个奖状对他们来说不过就是一张纸，每年都在发，而我却把奖状当成了一种巨大的荣誉。

这张没有盖章的奖状后来成了我幼小心灵的伤痛，以后再也不敢把它拿出来示人，今天是 51 年来的第一次。

黑马

上中学时，我长得很瘦小，对什么跳高、跳远、长跑、短跑之类，统统没有兴趣。那个时候，每年学校都开运动会，我们班是个所谓的“快班”，学生升学压力大，愿意把时间花在体育上的不多，所以每次运动会主动报名参赛的人很少。我知道自己的身体条件，每次动员报名，我都坐在角落当“闷声儿”。班上凑不齐人，班主任没得法，就点名摊派。记得是读高一那年，一次秋季运动会，我又没报名，班队短跑、长跑凑不齐人，班主任急了，找体育老师要来平时短跑测试记录册，说是根据记录，要在矮子里面拔高子。班主任一脸严肃，拿着记录册，清了清嗓子，一字一顿地宣布：“下面，我念到名字又没有主动报名的，放学后留下，不报名就不要回家。王子伟、李心林……黎延奎……”我脑壳嗡的一下，“我啊……老师、老师，我恐怕，不得……行啰！”我急得有些语无伦次，老师看我一眼，继续念。念完名单，那些报了名和没有点到名的同学，都走了。教室里加上老师只剩下五个人，空荡荡的。我们四个学生都耷拉着脑袋。老师放下手中的名册，不慌不忙地拍拍身上的灰尘，一副打持久战的表情：“怎么样？想好没得？

告诉你们，没得价钱讲！”都到这份上了，还有啥价钱讲，我只好一咬牙，报了个短跑 100 米。

比赛那天，赛场上人声鼎沸，观者云集。先预赛，八人一组，一上场，人家那架势就把我镇住了，另外七个选手，个个人高马大，上场时都提着双带钉的专业跑鞋，他们轻松地一边说说笑笑，一边拉腿、摆臂……动作很专业。一看这阵仗，我心里叫苦不迭。

精瘦的我，穿个旧背心，原本着了双球鞋，可能紧张，怎么都不顺脚，觉得沉甸甸的，干脆打个赤脚，惶恐地蹲在角落里看着他们热身……哨子响了两遍，我才如梦方醒赶到起跑点。快比赛了，心里才平静了一点。都这个点上了，也打不了退堂鼓，终于把心一横，丢人也没办法，不“吆鸭子”就行，跑起耍……

发令枪响，我反应还是比较快，一下就冲出去了，几秒之后，我感觉旁边的人一个一个被抛在了身后，后来观战的人告诉我：你那一双腿，像在飞，跑三步人家估计才跑两步，赢在步频快。

预赛之后是复赛，我一路过关斩将，顺利进入决赛。真是一匹黑马呀！班主任笑得合不拢嘴，拍着我的小脑袋说：“你还不报名，跑恁个快！”

我羞涩地一笑。许多同学百思不得其解。

其实我的敏捷不是偶然的。小学五年级那年，正值“文革”后期，知青返城困难，国家经济状况不太好，一些地方社会治安也不好，扒窃、斗殴时有发生。父亲说要学点防身的本事，执意送我去练武术。我的师父姓李，一个帅气精干的小伙子，目光犀利，手里随时拿根教棒，谁偷懒、谁动作不到位，他就教棒侍候。

我师父的师父姓江。前几天上网查看，吃了一惊，居然是个传奇人物，峨眉派武学大家。如此说来，我也算是师出名门。可惜我只学了一年，仅练过一些蹲马步、提膝亮掌、侧空翻之类的基本功。但那一年起早贪黑的扎实训练，打下了坚实的体格基础。

下午的决赛，是运动会的高潮，一路跑来，我有了些底气，然而众人的期待，又让我焦躁不安。

枪响之时，我还在想跑输了怎么办，慢了一个节拍。好在我调整很快。我前面那个大汉，身高一米八零，足足高出我一个头，腿长，人壮，跑起来手指并拢呈半圆状，两个手掌向后，如鸭划水，动作难看，但速度很快。

决赛结果，我获了个第三。

比赛其实和干其他事一样，心态很重要，但敢不敢、拼不拼，更重要。

空调

记者是时代的记录者，改革开放四十年，许多悄然发生的改变，虽身在其中，有的人也是浑然不觉。今天要我讲一讲身边的变迁，我想起关于空调的往事。

我生活在长江三峡入口处的一个小县城，直到 20 世纪 80 年代中期，还没见过火车，更别说飞机了。长江边的人出行，轮船是主要交通工具。当时，长江三峡出口处的宜昌，因为兴建葛洲坝水电工程发展较快，不但有火车站还有飞机场。相较另一个有飞机还有火车的城市重庆，宜昌离我家更近，因此，到宜昌开开眼，便成了我当年最迫切的愿望。

1985 年夏天，梦想终于成真。好同学的妈妈帮我们安排好了一切。同学比我有见识，他不但见过火车，还坐过，这在当时小县城的小小少年中，是很不得了的了。坐在江轮上，一路听他讲火车呼啸而过的速度感，讲火车的铺居然有三层，讲火车上的饭菜……一边听一边生出一些关于火车的想象。这次宜昌之行，我是奔着看飞机、坐火车去的。

我们一行三人早上 7 点出发，顺江而下，下午 4 点多抵达宜昌。

码头、轮船，包括雄奇的三峡，对我们这样从小生活在江边的孩子来说并不稀奇，也不会有多大的兴趣。从宜昌港下船，回头望一望，只是觉得宜昌的江面比我们县城的要宽。同学妈妈联系的宜昌朋友瞿先生，是一位长得高大壮实的中年汉子，方脸短发，着浅色短袖衫，热情干练。已早早等候在码头上。一下船，接我们的车就停在码头的出口处，是一辆米黄色尼桑面包车。因为是夏天，热浪袭人，我们跟着瞿先生走下趸船，浑身都已湿透。来到车边，瞿先生熟练地打开车门，一股热气从车里涌出，瞿先生笑着说：“天热，上车就好了，有空调。”“空调？啥子空调？”我一头雾水，心里直犯嘀咕，又不好意思问。瞿先生一边帮我们装行李，一边招呼我们上车，待我们坐定，他伸手轻轻摁了一下第一排座位前上方的一个按钮，出风口马上发出“呼呼”的风声，冷气源源冒出，车上很快就凉悠悠的了。这对一个小县城的十多岁的孩子来说，简直像神话。前不久，我第一次见识自动驾驶就重现了当年这种感觉。汽车在宜昌市区穿行，瞿先生说带我们去饭店先把行李搁了再吃饭。我又犯嘀咕了，“怎么去饭店放行李？”在小县城孩子的生活经验中，饭店是吃饭的，酒店是卖酒的。住宿的地方应该叫旅社或者叫招待所啊。

车很快就到了“饭店”，宽敞的大厅，漂亮精致的吊灯，映得出人影的石材地板，着装整齐的美女服务员，都是我从没见过的。我们诚惶诚恐地跟着瞿先生进了房间，漂亮的落地窗帘，雪白的床单，床上居然放着一床棉被，“大热天盖棉被？”我和同学一脸愕然，瞿先生似乎看出了我们的疑问，径直走到窗前，轻

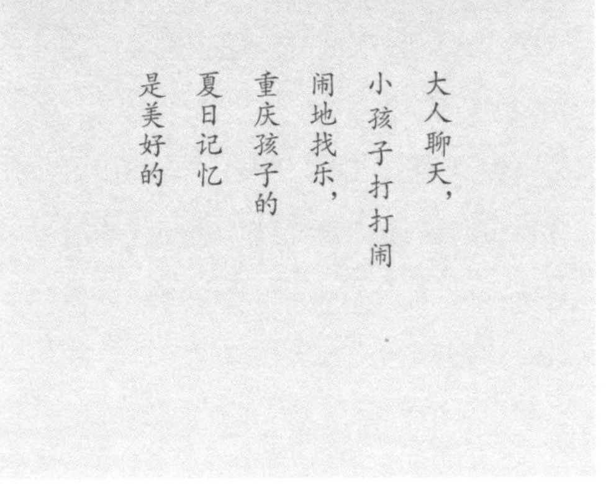

大人聊天，
小孩子打打闹
闹地找乐，
重庆孩子的
夏日记忆
是美好的

轻撩起窗帘，窗户的下面露出了一个咖啡色的有网孔的机器，瞿先生在上面找到一个旋钮，向右“咔咔”地转了几下，轻松地对我们说：“这儿有空调，如果热就像这样打开。”室内一会儿就凉了下来，这种凉，不是电扇吹着的只有迎风面才有的凉，而是一种立体的整体性降温，让人呼吸顺畅，心境平和，具有强烈的舒适感……再次见识了空调的神奇后，我当时就萌生了一个强烈的愿望，等我有钱了，一定要买个空调。

我们小地方，祖祖辈辈纳凉，都是用蒲扇、纸扇，再就是冲凉、游泳……

夏天，太阳落山，家家户户都在室外的空地上浇水，然后摆上木凳，搁上竹板、木板，晚上一家人就在露天躺平。我们县城大马路两边，接龙式地摆满简易竹木床铺，蜿蜒上千米，上面横七竖八地躺着肉色外露的男男女女，你能想象一下那是一道怎样的“奇观”吗！

记得当年，时常有睡觉的人热得受不了，一遍又一遍爬起来，用帕子蘸凉水擦铺板，擦一遍，刚躺下时会有一丁点凉意，睡一会儿，就湿热如前。有的大人睡不着，就打小孩儿的主意，让小孩儿在旁边摇蒲扇，一般以购买服务的方式进行，计价方式有两种，一是计数，通常扇两百扇三分钱，足可以买一支白糖冰糕，实诚的孩子扇的质量一般较高，请的人多，诡精的娃儿哗啦哗啦敷衍了事，质量不达标，大人就不给钱，经常会有一些口舌之争；另一种付费方式是按结果付钱，比如约定扇到大人入睡，付费 1 毛或者更多。记得邻家一小孩，一次给一大人摇扇，讲好摇到入睡，

付费一毛五，结果大人故意编排，摇了上千扇，就是不睡，每当小孩以为大人已经入睡，轻手轻脚准备离开，大人就轻咳一声，把邻家那位老兄手都摇肿了，可见，我们那个时候小孩赚钱有多不易。现在我们这代人中的许多人惜钱如命是有历史原因的。

70 年代末，电扇开始进入小县城的家庭，但拥有的人不多，妥妥地算是奢侈品。有电扇的也舍不得长时间用，开一会儿就要歇一阵，一怕电费遭不住，二怕电扇太遭罪。家家的电扇都用一块漂亮的还绣着花的布罩着，开电扇也是很有仪式感的一件事情。

对我来说，自从到宜昌感受了空调，空调就让我难以释怀，无奈我生活的城市深处内陆，空调一直都还是个传说。1991 年，单位给我分了个顶楼房，那时的楼顶隔热工艺太差，夏天室内如火炙烤，整晚整晚无法入睡。一天上街，无意之间走进了万州和平广场附近电力公司的电器商场，眼睛突然一亮，一台咖啡色的窗式空调静静地摆在商场显眼位置，这是一台康吉尔窗机，标价 2450 元，商家是把它当作显示商场实力、档次的高档商品在展示。看到它，我有一种久违的重逢感。营业员见我问得有些许内行，估计她当时遇见的当地顾客中懂这个的还不多，感到有些吃惊。空调，等你多年，终于来了！遇见了，我一点儿都没犹豫，心急火燎赶回家，倾尽所有凑足了 2450 元，这大约是我当时两三个月的工资。

空调买回家后，我找人把窗户锯掉半截，使出洪荒之力，把空调小心翼翼地放上窗台，接上电源，转动开关，制冷……多年的空调梦，圆了！

对这第一台空调，我是视若心肝，稍有异响必心惊肉跳。

每天下班回家，无论天有多热，都舍不得开机，要吃过饭，收拾完毕，冲个凉，大约 9 点过，两口子才很庄重地把空调打开。说实在的，一小时一度电，一开机就有一种心在流血的痛感。为防止冷气外溢，节约用电，硬是把房屋门窗的每一个缝隙都贴得严严实实。空调打开，凉气呼呼而出，有的不仅是清凉感，还有走在时代前面的获得感。

因为我是本单位第一个买空调的，开初几天，同事们排着队来家里参观。

“电费啷个遭得住？”

“硬是凉快唛？”

这是比较集中的两个问题。凉不凉快，现场一体验就知道了，而电费实际是一个观念和如何计算效益的问题。我就一遍一遍给大家算账：“一小时一度电，看起来是有点贵，但我们不是整天都开呀！下班回家，收拾完毕，9 点多开机，到半夜天凉了，关机，一天只要五六度电，一块多钱，一年用一个月，电费不上 100。”深入浅出有理有据的讲解，让许多人如梦方醒，单位里很快又有人“下叉”。

现在都记得，带我去宜昌的那位同学，当时最乐此不疲的就是来我家蹭空调。每到周末，总有他的电话打来：“明天到你屋吹空调，炒洋芋片哈！说好了哦！”

社会进步太快，现在空调早已不是啥稀罕玩意儿，成了日常生活用品，让我们这个年龄段的人刻骨铭心的窗机早已消失得无

影无踪。

小时候的经历会对人的一生产生重要影响。一段经历，有时会让你确立一个生活的目标，给你前进的动力。年少的我，一趟宜昌之行见识到了空调，于是有了一个生活小目标。当年，我原本是冲着看飞机坐火车去的，无奈，我那同学因为自己坐过，就编出了一大堆不去的理由。我说："去车站远远看一眼也可以！"他狡猾地找了个让我无法驳倒的理由，这厮可恨。如果当年我看到了飞机也坐上了火车，后面又会有什么故事发生呢？

亲如一家

小时候，父母工作太忙，就把我送到一李姓人家寄养，这家的当家人背驼，人称李驼子，负责带我的人，是李驼子的妻子，我喊她李家妈。隐约记得李家有四个吃长饭的儿子，家里人多，到处拉拉杂杂的。去了李家几个月，我长得面黄肌瘦的，还整天哭闹，母亲很奇怪，以为我得了啥病，问李家妈：孩子到底怎么啦？李家妈说：没得啥子！弄点东西给他吃就好了！我母亲一下明白了，原来是家里送去李家给我的营养品大都被李家的孩子吃了。那个年代，太穷，李家孩子又多，发生这样的事可以理解。

知道问题的症结后，母亲赶紧给我找下家。很快就找到一户人家，男的姓裴，我叫他裴爷爷，山东人，女的姓夏，我叫她夏婆婆，万县人，和我父母是同乡，因为这层关系，我们两家有一种天然的亲近感。两位老人没有孩子，一个山东人和一位四川人是怎么走到一起的，我一直没弄明白，但两位老人肯定是经历过许多的事情。

裴爷爷在搬运公司干修理，夏婆婆在家做家务。老两口待人

和气，喜欢孩子。裴爷爷在外忙活，夏婆婆把家里收拾得井井有条。我去他们家，很快就像在自己家一样。我们原本陌生的两家人，一下就变得亲如一家。

裴爷爷去过滇缅抗日战场，在血与火的战场拼过命，一只眼被打瞎，抗战结束后，他离开军队，流落到奉节一带，因为当的是国民党的兵，那个年代，这是一个很大的“污点”。裴爷爷对当兵上战场的事很少提及。

在我的记忆中，裴爷爷戴顶毛呢布帽，系个围裙，上班时，总是忙忙碌碌、不紧不慢、默默无闻的。单位用坏的板车送来了，他熟练地检查、拆解、修补、复原。修好一辆马上又接着修下一辆，很少见他停下来。他手巧，用修理厂中的废旧材料给我做了许多玩具，比如陀螺、铁环之类，引得其他小朋友羡慕不已。有一次，裴爷爷听说有小孩在河里游泳被淹死，就用旧的板车内胎给我做了一个游泳圈。爸爸带着我下河游泳，我躺在自制游泳圈上悠然地在水上漂着，引来一堆人围观，我骄傲地大声说：这是我裴爷爷给我做的！

裴爷爷话不多，从没见过他跟人发脾气。夏婆婆，个子不高，身板直直的，穿一件蓝色的对襟布衣，挽个发髻，干净利索。她胃不好，经常用手摁着胸口，可是，无论怎么难受，夏婆婆对我总是和颜悦色的。

他们老两口愿意带着我，不是为了挣钱，而是出于对孩子的喜欢，这种爱是骨子里的。一次，县城发生武斗，双方开了枪，听到枪声，夏婆婆一把把我揽在怀里，直朝床底下钻。她始终用

身体护着我，那焦急的模样，我现在都记得。

平日里，他们把自己舍不得吃的东西，留给我吃。

当然，我的到来，也给两位老人带来了快乐。

每天夏婆婆在家快要煮好饭菜时，就会对着我喊一声：快去叫爷爷回来吃饭！接到指令，我一溜烟地跑去裴爷爷的修理厂，远远地就开始喊：“裴爷爷吃饭了！”通常裴爷爷都还在干活，他会扭过头冲我笑笑，回上一句：“好咧！”然后又埋头干活，我也不急，一屁股坐在裴爷爷的工具箱上，随手从箱子里抓上一把车轮转轴上拆下的钢珠自己玩。裴爷爷干完活，会用肥皂洗去手上的油污，然后用毛巾擦干，等在一旁的我，赶紧一把拉住他满是老茧还温热着散发出肥皂味的手，急急地往家赶。

回到家里，夏婆婆已经把酒给他烫好，裴爷爷美美地喝上几口。高兴时，用筷子头沾上一点白酒在我的小舌头上点一点，火辣辣的让我直咋舌，裴爷爷会孩子似的大笑，惹得夏婆婆在一旁埋怨。

两位老人把我当亲孙子对待，我的父母亲也把两位老人当长辈尊敬。我们家里有好吃的从不忘叫上二老，老人也隔三差五请我们一家去他们的小屋吃饭。夏婆婆每次回老家，都要给我们带礼物。

1974 年，我已经在念小学，这年冬天，夏婆婆的胃病又犯了。这次病得很重，我们一家急急忙忙赶了过去，夏婆婆很虚弱地躺在床上，裴爷爷更加沉默。父亲和母亲商量后决定把夏婆婆送去县医院，去医院的时候，夏婆婆紧紧拉着裴爷爷的手，经历过战

火的裴爷爷忍不住哭了，拖着哭腔说：“你别管我！别管我！”两位善良的老人，在这个远离故土的地方，举目无亲，我们一家就成了他们的亲人！母亲和父亲轮流在医院守护夏婆婆，我在家里，小小年纪，晚上居然睡不着觉，一遍又一遍默念：夏婆婆不要死！夏婆婆快些好起来！只要父母从医院一回来，就迫不及待地追问：夏婆婆啷个样了？

夏婆婆患的是胃癌，住院第四天就走了。临走时，她紧紧抓着母亲的手，母亲知道她是不放心裴爷爷，母亲含着泪连声说：婆婆你放心，我们会照顾他的！她点点头……夏婆婆死前还特意交代，她的那双新买的雨靴要留给我穿……

我小小年纪，第一次感受到了永别的伤痛。

夏婆婆死后，很多人都自发前来帮忙，我的父母更是忙前忙后。老人出殡那天，十多个人抬着一口漆黑的大木棺，我的哥哥作为她的亲人端着她的照片，走在队伍的前面，一百多米长的送葬队伍压断了小县城的半条街。夏婆婆被安葬在县城对面长江南岸江边的一个小山头上，那里看得到她的家。

裴爷爷在夏婆婆走后没几年也告别了人世。

我们与两位老人非亲非故，但真诚、善良让我们亲如一家！

小巷里的温暖故事

因为要拍摄一部关于三峡老城的纪录片，我四处寻找三峡老城的遗踪。2002 年 10 月的三峡库区，许多老城已经是残垣断壁。

夕阳西下的时候，开县（今开州区）教门街一条小巷闯入我的镜头，温暖的阳光从巷口斜照进巷里，一个小孩欢快地迎着阳光向前跑，身后留下长长的影。多么熟悉的场景，这不就是我的童年小巷吗！

小时候我们家就住在一个小巷中，当地人称九道拐，小巷的入口在大南门，转九个弯，就到了罗家巷，巷的出口对着幼儿园的大门。四岁多的我每天都是自己上学放学，大人也没有孩子遭车撞、被人拐一类的担心。现在回想当年在小巷中奔跑、打闹的日子，画面感特强。记得巷中住着一个饭店的杂工，因为面色发黑，鼻子尖尖的，人称“座山雕”。“座山雕”是个老单身汉，

照不进太阳的小巷，空气是湿漉漉的。小巷狭窄的空间却缩短了人的情感距离。小巷中的孩子就在温情的聊天中一天天长大

没啥文化，住的房子进门都要弯腰，门只有半截，房子是依着巷子壁搭起的小瓦屋，大约只有五六平方米，里面黑黢黢的。那时有个样板戏叫《智取威虎山》，里面的座山雕是个让人切齿的坏人，听大人叫巷中这人座山雕，自然就把他归入坏人的行列，见了就没有好脸子。座山雕因为长相就平白无故地被当成了坏人，估计也很郁闷，见了我们也不搭理，脸上少有阳光。矛盾渐渐有些加剧，当时的我对他是既恨又怕，终于有一天鼓起勇气，在路过他的小屋时，大叫一声“座山雕”，然后一溜烟跑掉。座山雕听见有人叫绰号，从房子里钻出来冲着我的背影大喊一声：“我逮到打死你！”自从结了这个梁子，放学回家我心里总是七上八下的，害怕被他逮到，快到他家时便轻手轻脚地，估计没被发现就一阵快跑，迅速通过。上学路从此有了惊险，也有了趣味，今天还有了生动的回忆。座山雕其实是一个善良的人，他的内心与他的面孔是对立的，开始他对我们的蔑称很生气，逐渐就习以为常，后来听见我们叫，只是假装生气地比画一下。

记得我刚过六岁那年，一连几天都见不到座山雕家有什么动静，成天房门紧闭。原来，座山雕娶媳妇了，周围的人都很好奇，纷纷跑来看。座山雕媳妇是一个要饭的女孩，估计只有十五六岁，长得瘦小，穿件洗得发白的蓝布衣服，脚上是一双破烂的灯芯绒布鞋。听大人说是因为女孩没饭吃，进了座山雕上班的饭店，座山雕给了她吃的，女孩于是就跟了他。这样的故事，在生活艰难的岁月里时有发生。

顺理成章，座山雕的小屋不到一年就传出了婴儿的啼哭，这

事和座山雕当时娶到媳妇一样很轰动，周围的人成群结队来到九道拐中的座山雕小屋。我也挤在人缝里似懂非懂地看，刚生完孩子的座山雕媳妇儿无力地斜躺在木板搭的床上，一缕微弱的光亮通过小房门照在她惨白的脸上，婴儿小得可怜，头无力地耷在妈妈的手肘上。看到这情形，许多人特别是女人们不停地叹息："两娘母好造孽哟！"于是有人送吃的，有人送穿的，我母亲也赶紧翻出几件旧衣服让我送去。我拿上衣服，一溜小跑来到他家，"座大哥"接过我送去的衣服，嘴角露出了笑意，还顺手拿起一颗人家送的水果糖塞给我，我麻利地剥下糖纸一下塞进嘴里，然后一扭身跑回了家，一半天嘴里心里都是甜蜜蜜的。从此以后，我再也没叫过他"座山雕"，我们之间一下变得很友好。

五十多年了，也不知这一家人现在生活得怎么样？今天看到一张小巷的照片，想起当年小巷里曾经发生的故事。悠悠往事，以此为记。

留在心底的肖像

母亲是 2001 年 11 月走的，走的时候 60 岁。母亲去世后，要找一张她的近照挂到灵堂上，家里人找了半天都没找到，最后只好把一张母亲 40 多岁的旧照挂了上去。陌生的过路人看到照片，叹息一声：“走得好年轻！”听到这话，作为儿子，作为一个摄影人，我很自责。

摄影曾是我的本行。1980 年，我读高中，父母忍痛给我买了部相机。那个年代，我生活的小县城，玩相机是一件很“高级”的事情。一般家庭照相都得去专门的相馆。整个县城只有一家相馆，相馆临街，大门进去是一营业窗口，有个漂亮的女服务员负责收费开票，因为漂亮，又从事“高级”工作，一般不怎么正眼看人。照相的人自报拍摄需求，比如拍几寸、洗几张、加不加急之类……交完钱开好票，凭票上楼照相。

摄影室里面比较昏暗，一张灰色背景布紧贴在墙上，旁边还摆着两张小背景板，屋子中央，三条木腿支起一个很有年代感的木制镜箱，镜箱正前方是一个黑洞洞的镜头，镜箱上面搭着一块厚厚的黑布，让镜箱更显神秘。对焦的时候，照相师傅要钻到布里头一阵捣鼓。我们拍照的人进去后，要坐在背景布前的木凳上。摄影师傅开始摆姿势，头怎么偏，身子怎么侧，眼睛怎么看……摆好后是不能动的，木呆呆的起码要僵坐七八分钟，及至正式开拍，灯光全开，屋里一下亮晃晃的，刺得人睁不开眼，常常大冬天的把人弄得热汗直流，脑袋也一片空白，把先前摆好的姿势、摄影师傅告诫的表情要领一下忘得精光。那个头发花白的照相师傅，于是就很不耐烦，许多人被他训得不知所措。以至于当时小县城许多人对照相有心理阴影。

我们家自从有了相机，再也不去受那折腾，实现了拍照自由。我的母亲生病前性格很开朗，给她照相，总是很乐意。每次照相，都收拾得利利索索的。照片上的她，胖胖的身材，标致的五官，总是专注地目视着远方。

80 年代初，哥哥在外地读书，每年春节，都要回家过年，那是一家最快乐的日子。全家人聚在一起，高高兴兴的，母亲变着法子弄些好吃的，哥哥讲些外地的逸闻趣事，一家人围着小火炉，暖暖的。团聚的日子，照相是少不了的重要内容，这是那个年代其他家庭少有的内容。我们一家人，在居住的小院里，在县城知名的景点处变着姿势，不同组合、不同背景轮换着拍。回到家里，充满期待地钻进暗室冲洗，从湿漉漉的底片开始看效果，

及至照片出来，一家人围坐在一起，从表情到服饰、从背景到风景，话题可以说上半天。母亲最初拍照时有些紧张，脸绷得紧紧的，那时候还没有人发明念“茄子”，我就慢慢等，抓拍。后来拍的次数多了，她就习惯了，镜头前一站，不慌不忙的，总是微笑着看远方。我给别人拍照，她还会现场指导，传授宝典。

80年代中期，母亲患上了高血压，整天头晕，后来病情越来越严重，每天大把大把吃药，人的状态也越来越差，她对拍照逐渐没了兴致。家人聚会，我说：“来拍个照。”她回说：“我这个样子有个啥子照头。”我也不好勉强。那个时候，我还很年轻，总觉得来日方长，从没有把衰老、死亡与母亲联系在一起，毕竟母亲才五十来岁。

我参加工作后，母亲和父亲没有和我同住，我整日忙碌，只有周末才抽空去看看他们二老。母亲的病随着年龄的增长，越来越严重，到90年代后期，开始整夜整夜喘息，无法入睡，她成了当地医院的常客。1998年，我多方筹集了一万多块钱，带着母亲到重庆一家大医院治病。这家医院的权威专家告诉我，母亲的病很严重，心房变大，还伴有严重心衰。我第一次因为母亲的病感到了恐惧。回到家里，母亲实际上已经在悄悄地考虑自己的身后事了。一次，她突然对着父亲很认真地说：“老头，我要对你恶点，免得我死了，你还念我。”父亲听了很惶然。但母亲却从不在我的面前谈生死之事。每次见面，我都鼓励她，不要着急，会有办法的。她每次都虚弱地点点头。她不愿离开这个世界，不愿离开她的亲人。我们都不愿她走。

在母亲一次病重住院的时候，我也想过要给她拍张像样的肖像，但我开不了口，感觉拍了就是在和母亲作最后的告别，就是在为母亲准备后事，我不愿这一天到来，我期望母亲能挺过来。我不敢也不愿把死亡和最亲的母亲联系在一起。我也担心，去给她拍照会让她失去和疾病抗争的最后一点信心，她会从她的角度看到我们的信心崩溃，这对母亲是沉重的打击。

实际上，母亲对自己的病情是清楚的，她知道自己时日不多，我估计，她也是想让我给她拍一张漂亮的肖像留在世上的。但她也不忍开口，她怕我们知道她的绝望，也怕我们伤心。一次，我见她状态不错，偷偷地拿起相机，对着她准备给她留个影，不料，她一扭头看到我的镜头，脸上的笑意一下就退去了，她下意识地拢一拢头发，拉一拉衣角，对着我说："等我换个衣服，好好拍一张，以后你们看！"说话时，她的眼里满是诀别的酸楚，我心里一阵颤抖，故作轻松地说："莫乱说，我拍起耍。"说完赶紧收起相机。死亡太可怕，也太残酷。我们母子都不敢面对，都在尽力地为对方着想，我们都不愿捅破这层窗户纸。

终于有一天，我去看她，她突然从里屋慢慢地走出来，穿着一身黑色的寿衣，对着我说："我死了就穿这身，啷个样？"我大惊，连忙说："弄这个干啥子哦！啷个就会死嘛！"一边说一边就扶着她进屋帮她脱去了寿衣。现在回想，那是母亲鼓足了勇气要告诉我们，她时日不多了，她做好了离去的准备。

我知道母亲的病很严重，但我始终不愿面对她要离去的事实。如果那次我趁势给她拍下一张照片，今天也许就少了大大的遗憾，

但我觉得，那样对我们彼此的伤害都太大，即使今天让我再作选择，我恐怕还是按不下快门。

一个摄影师，没有为自己的母亲拍一张留世的肖像，这是沉重的过失，也是我心中永远的痛。但因为亲情、因为爱，那似乎又是合情合理的……

多少年来，母亲头发花白，一脸慈祥地望着我的样子，一直留在我的脑海里，那是一幅存在心底的肖像。

父亲、母亲的最后记忆

11 月 18 日是母亲的忌日，心情不好，下午接到哥的电话，说父亲的情况很糟糕，刚刚送去三峡医院。接到父亲住院的消息，我有一种不祥之感。

人的感觉有时候是很灵的，2001 年 11 月的一天，记得是一个周五，我坐在办公室，突然有些不祥的感觉，我拿起办公桌上的电话拨给万州的父母家里。接电话的是父亲，我问："屋头还好吧？"父亲有些迟疑，却又故作轻松地回说："妈住院了。"我说："为啥子不说一声呢？"父亲说："你那么远，工作忙，妈不让给你说！"当年重庆到万州还没有通高速，更没有动车，回趟万州很不容易，但有些冥冥之中的事情，无法解释——搁下

电话一会儿，就接到一万州来渝办事的朋友打来的电话，问我是否下班后回万州，有便车。

回万州的过程有点长，我在梁平遭遇了堵车，直到凌晨才到。

第二天，我急急地赶去医院。母亲衰弱地坐在床上，见到我很惊喜，细声说：“你嘟个回来了？忙你的工作，不要影响你！”我有些哽咽，回说：不忙！周末呢！

母亲三十多岁就患上高血压，那时的医疗技术有限，治疗高血压的理念和手段也落后，现在一片药就能解决一天血压不稳定的问题，在那时却需要每天大把大把吃药，什么罗布麻片、脉通……家里放了一大堆，但母亲的血压却始终没有控制住，不到五十岁心脏就发生了不可逆的器质性改变，继而引发心衰。生活质量很低，在我的记忆里，母亲的表情总是痛苦的，经常整晚整晚咳嗽，喘息，吃不下饭。但母亲很坚强，她十多岁离家，从万县去奉节谋生。举目无亲，孑然一身，她硬是以羸弱的身体打下了一片属于自己的小天地。她吃苦耐劳，干事拼命。她自学缝纫，在昏暗的钨丝灯下用旧报纸一次次尝试剪裁，双眼熬得通红。小时候，我和哥哥闹着要吃米花糖，她弄来糯米、芝麻和白糖，在家一遍一遍实验，经历多次的失败，终于让我们吃上了香脆的米花糖，看得邻居家的孩子直流口水。她悟性高，许多事情看一眼就会。比如织毛衣，父亲、哥哥和我的毛衣都是她一针一针织出来的，我们穿在身上，样式、花型常常引来别人的赞叹。我们的家因为有了母亲的操持，即使在那个物资匮乏的年代，也过得有滋有味。

母亲病了，但她始终没有停下对家里事务的牵挂，即使躺在病床上，她都还在指挥调度。

第二天，我要返回重庆上班，一早又赶去病房，我想多陪陪母亲。母亲很虚弱，话很少，我坐在她的病床前，看着她难受的样子，却又帮不上忙，心里也很难受，又很无奈。上午十点多，该去车站乘车了，我站起身，握着母亲枯瘦的手说：“我要去坐车，有空再回来看你！”母亲点点头，眼里噙着泪花。我转过身朝病房外走，走了几步，回过头，透过病房米黄色的门框看进去，本来斜躺在病床上的母亲，使劲支起身体，坐了起来，正不舍地望着我，眼泪已经流了出来。母亲以前住院，从没有流泪与我告别，那时我还年轻，居然没有感受到异样，我以为我们还会和往常一样再次相见，还幻想着等她病好一些，接她到重庆看看，不料……

回到重庆，因为长途乘车很疲倦，进到寝室，倒头便睡。早上醒来，打开手机，发现有七八个未接电话，是哥哥打来的，我一阵心悸，拨回电话，哥哥吞吞吐吐地说，母亲有点恼火，让我赶紧再回去一趟，我心里很明白，母亲可能已经走了。实际上母亲在我离开后的凌晨就已经离开了人世。

冥冥之中，我打了一个电话，冥冥之中又有了一个便车，让我在母亲走之前有了一次难得的相见。这让我稍感欣慰。

父亲这次生病，又让我感到了不祥。这又是一种冥冥之中的感觉。

父亲今年已经是第五次住院了。年初的疫情父亲成功扛住了。腊月二十九我们一家高高兴兴回到万州，晚上，在厕所里，我突

然发现刚出院不久的老父有便血。一家人过节的兴致一下子消失得无影无踪。凌晨，我们急忙叫来救护车把父亲送到医院消化科。整个春节我们就在医院陪伴着他。经过二十多天的治疗，父亲再次表现出强大的生命力，他出院了。回到家，父亲高兴地说：“回来了，这次死不了啦！”回家后的父亲，越来越好，后来居然可以上到三楼去侍弄他的花花草草……但老年人的身体状况有太多的不确定性，10 月 7 日，走在楼梯上的父亲突然站立不稳，口齿不清，脑梗了，但由于发现及时，他又一次逃过了死神的追击，我们一家人都为父亲的幸运长舒一口气，可出乎意料的是，他出院月余后又水米不进，再次住院。经过二十多天的医治，各项指标又基本好转，医生说：老人的免疫力很差，如果再来就麻烦了。一次又一次的病袭，老父变得越来越虚弱。回到家里，哥哥想尽各种办法，买来氧气机，烤炉、空调二十四小时全打开，但只要一股小风，父亲就会高烧。

这次，我有一种预感，老父挺不过去了。但心里还在坚持着，等一等，也许会有好消息传来，但每次电话中哥哥都欲言又止，让我更感觉不妙。一个周末，天不亮我就起床赶着去乘动车，直奔医院。

走进病房，父亲躺在床上，两眼紧闭，鼻孔中插着胃管和输氧管，旁边摆着监护仪、吸痰器等一大堆抢救设备，父亲张着嘴，发出粗重的喘息声，表情极为痛苦。我喊他，有点反应，有一次居然睁开眼，两眼晶亮，头微微点了下，我安慰他说：“不要着急，会好起来的！”他好像是听懂了，吃力地摇头，眼角滚出一滴晶

莹的泪珠。他留恋生命，他爱我们，他明白自己的病情，他很难受，也很难过，我不能去除、分担他的痛苦，只能眼睁睁地看着他痛苦，这是极无力又无奈的。我只想发出一声怒吼：“老天为啥要折磨这么善良的老人！”

主治医生小吕找我们家属沟通，大意是说父亲的病很重，肺部大面积感染，现在最大的麻烦是病人免疫力已经荡然无存，他的脑梗需要溶栓，但他的体内有出血点，溶栓就会引起大出血，这是现代医学无法解决的难题。

小吕医生问是否愿意用自费顶级抗生素，我说只要有一线希望都要试试，如果不行就尽量减轻老人的痛苦。

躺在病床上的父亲，已经瘦得只剩下一把骨头，脸因为牙的脱落，已经变形，但脸色并不苍白，两道长长的寿眉雄健地遮盖在眼睛的上方，这是一般老人没有的，其中的一根眉毛居然一直延伸到了脸颊的中央，足有三四寸长。即使病痛，他的脸也很光洁，温暖又有弹性。但 90 多年的岁月风霜还是清晰地刻在他凹陷的脸上。父亲出生在万县（今重庆万州区）桥亭区，不到十岁就在比他大不了多少的叔父带领下外出求学。几十年后，我从万一中历史档案的学生名册中还看到了父亲的名字。1949 年 11 月万县和平解放，正在省立万县师范学校读书的父亲毅然参加革命，在川东干部学校经过培训后进入盐业系统，从接管伪盐务局开始，直到退休都主要从事盐业运销工作。

父亲有文化，在他的那个时代是很难得的。加上父亲又积极上进，很快就得到了组织的青睐，20 世纪 50 年代初已经入党提

干。1950 年，刚刚参加工作不久，他被派往城口县开展“土改”，数日艰苦跋涉，进入到满目疮痍的城口县。那时的城口新政权刚刚建立，还匪患横行，他背着背包深入贫困山区，每天吃苞谷啃红苕，一个月都难见一次油荤，艰苦的磨砺，很快把他从一个青年学生锤炼成一名合格的干部。

人的一生，有时很难自己决定自己的命运。因为父亲的父亲有些田产，被划为了地主，这个出身带来的缺陷在那个年代是致命的。好在老祖父是医生，他一辈子都在治病救人，没与人结下什么仇怨。但历次的政治运动，与生俱来的地主成分就像是一块悬在父亲头顶的巨石，随时都可能砸下，把他碾成齑粉。父亲几十年都是小心翼翼的。他知道只有踏踏实实地工作、干干净净地做人，才是最好的护身符。他低调、内敛。在“文革”最艰难的日子里，武斗的枪声四起，他坚守岗位，偌大的一个奉节县，食盐一天也没有断过供。尽管他掌管着两个大盐仓，但我们家吃的每一颗盐都是自己掏钱在街上的副食店买回来的。记得改革开放之初，一个补篷布的温州人，因为在父亲单位揽了一点修修补补的小业务，晚上他悄悄提着个大公鸡送到我家，吓得父亲大惊失色，一直追了半条街才把鸡还给人家。父亲也有愤怒的时候，1958 年大炼钢铁，超英赶美的狂热让有的人失去了理智，饥饿加上连续的日夜奋战，多名工人接连倒下，作为一线负责人的父亲忧心如焚。船破偏遭顶头风，这时炼钢高炉的鼓风机扇叶又损坏了，上面却要求两天后必须有铁水出炉，有人提出做一个木质的扇叶代替损坏的铁扇叶，理智和良心告诉父亲，这是危险且可

怕的。他瞪着血红的双眼嘶哑着嗓子，冲着上面的人怒吼：不能这样干！要出人命的！工人也耐不活了！

可惜他的怒吼还是没有挡住有些人的狂热，木质扇叶被装上去，开机几秒，一声巨响便断成碎片，现场多人受伤。事后，父亲的理智和良心不但没有得到应有的肯定，反而差点成了替罪羊，他被指“右倾”，动摇了军心，无数次地检查和批判，才勉强过关。几十年后，听他讲起这事，我还能感受到他心底的痛……

病床上的父亲，越来越虚弱，他不停地摆动他枯瘦的手脚，这是他和死神在做最后的抗争。

他清醒的时候是坚决反对进 ICU 的，他不喜欢那里的孤独，也不愿耗费巨额的医疗费用。他一生都节俭，一辈子都不愿麻烦别人。他和母亲几十年连去小馆子吃碗小面都没有过，在他的意识中进馆子是奢侈的。他长寿，是因为他心境的平和。他最大的享受是每天坐在那把三十块钱的塑料椅上打个盹。他喜爱兰草，这是他的心性使然。年轻时他喜欢养鸽，他要逃避那个年代人与人的纷纷扰扰，他和鸽子对话，寻找独有的快乐。他一生都知足常乐，对吃穿几乎没有要求，我们买给他的衣服，他不穿，就喜欢穿那几件穿了几十年的布衣布裤……

而今，父亲正经历着生死的煎熬，正逐渐走向生命的尽头，吃穿用度已经对他没有了太大的意义。

我一早去病房，就听陪护说父亲情况不好，他一晚未睡，医生要见家属。周姓主任话说得很直白，病情很危重，他们已经尽力了，好药也用了，但效果不明显，建议停用顶级药物。说是如

果继续用，花太多钱，让病人痛苦地延续生命，没有太大意义。我坚持再用一天试试，小吕医生赞成。快十二点，我要准备返渝，父亲躺在床上，不是很烦躁，喘息声没有先前粗重，我轻轻唤他，他没有睁眼，也没有反应。

回渝的路上我一直盼着奇迹再现！

回到家里，总害怕电话响，担心接到不好的消息。12 月 6 日上午致电哥哥，他说情况糟糕，胃管弄出的都是黑色的东西，父亲人已昏迷。10 点过，哥哥又打来电话，说医生让再输点血，医生讲抗生素用了有效果，有的指标在好转，但血红蛋白还是太低，估计胃里有出血点。感谢泽新同学鼎力相助，输血的问题解决了（当天才知道父亲是 A 型血）。明丽的阳光照进办公室，听说老父有的指标好转，心情终于好了很多。

不料下午 4 点，哥哥再次打来电话，说老父情况越来越糟，血压降到了 30 到 50。我心里一阵难受，但想起老父躺在病床上的痛苦状，又觉得“走”也许对老父是解脱。但无论如何，只要有一丝希望，我们就要尽全力争取！

父亲就像一台用了 93 年的机器，很多部件都消磨得失去了应有的功能，停机是无法回避又无奈的结果。

晚上 10:44，我刚洗完澡，哥哥的电话就打来了，我知道老父走了，他说：爸爸晚上 10:27 离世。他握着父亲的手说：爸爸你放心地走！

父亲走得很安详。

我记住了老先生的抖音

教师是燃烧自己，照亮别人的人。我当记者多年，采访过多位优秀教师，心底好像有一根燃烧的蜡烛，始终映着他们的脸庞。

快到教师节了，又想起一些关于老师的事情。我是 1976 年初上的初中，当时“文革”还没有结束，学校从教师到教材都不正规，在家待着的“知识青年”找个关系就可以去学校代课，很随意的。比如，教我们音乐的一个代课老师就不识简谱。每当上课学生问他关于识谱的问题时，他总是支支吾吾，我后来学过乐理，回想起他上课的种种表现，断定他应该是不懂乐理知识的。

当年有一部叫《决裂》的电影很火，里边有个老教授因为讲了“马尾巴的功能”，成了脱离实际的教条典型。无论是银幕形

象还是现实生活，知识分子形象一度都比较负面。《决裂》中，一个叫江大年的农民，读书不多，文化不高，居然上了大学，片中有人对此表示质疑，电影中的革委会主任抓着江大年的手高高举起，亮出他厚厚的老茧，大声质问：“什么是资格？这就是资格！”按照这样的逻辑，不识简谱的人教音乐，就不怪了。

我读初中时有个 M 老师，是我所读中学的留校生，男性，贫下中农出身，根子红，宽脸，壮实，皮肤黝黑。回想起来，真还没见过他的笑容。M 老师作为 20 世纪 70 年代初的中学毕业生，所学确实有限，这也难怪他，那些年学校停课闹革命的时候多，好些个真正的老师干不了教书的营生。M 老师教政治，上课总是抱着课本，从开头到结束都是照着念。“文革”中的孩子斗志旺，打架扯皮多，M 老师处理的方式也很简单，“毛吼”！一次，一哥们儿与人打架，我也出了手，结果“脱不了爪爪”。其实要论理，肇事的应该是对方，也许觉得我俩是二打一，M 老师便一口认定我俩全责。前些年我家的车停在路上等红绿灯，被后面一辆飞驰的汽车撞上，结果交警大哥硬说我家负主责，我一下就想起这段往事，心里一阵憋屈。回到打架这事来，M 老师坚持要我和哥们把检讨贴满教室。我一听贴满教室，纸张笔墨要得多不说，工作量实在太大，关键面子还挂不住啊！于是拒不答应。我那哥们儿一见胳膊拧不过大腿，就拼命认错。现在都记得他站在木讲台边上，低着头，满脸羞愧痛心疾首读检讨的样子，言犹在耳的一句是：“我决心以此为戒，绝不再犯！”尽管如此，M 老师还是不依不饶……最后我们俩只好转学到了其他班。

现在想来，那时的我们确实太顽皮，这事对我和哥们儿的教训也深刻，我从此在学校不再惹是生非。我那位哥们儿去另一个班后，就像变了个人似的，后来居然成了班里的尖子成员，再后来还当了班里的一把手。M 老师一年后离开了县中学，据说回他的农村家乡教小学去了。

老师对学生的影响是巨大的，老师的简单粗暴，搞不好会让学生心里留下阴影，从而失去进取的激情。好的老师，让你几十年后想起他，心里还是暖暖的。

还是初中时期，在学校老办公楼底楼，昏暗的办公室里，经常看到一位戴着老花镜静静地趴在桌前写写算算的老先生。一天，我们班上地理课，老先生抱着个地球仪不紧不慢地走进了教室。当时的老先生年龄估计在60岁左右。那天穿着一件旧蓝布中山装，裤管宽大，着一双布鞋，走路、动作都略显迟缓。老先生走上讲台，微笑着说："我叫陈仲英，教你们地理。"

老先生一开讲，就不同凡响。他学识渊博，让我们听到了许多课本上没有却又跟课程密切相关的知识，他上课从不用课本，山川、人文、风物、典故，信手拈来，就连枯燥的经纬度、时差、南北回归线之类的概念，经他与一年四季的变化和我们生活的经验结合起来，有故事、有细节，枯燥的内容一下就变得鲜活了。先生讲话不急还略偏慢，有时还带着颤音，现在都记得他教我们记亚洲与欧洲分界线的顺口溜："乌拉尔山、乌拉尔河、里海、黑海、高加索……"先生把每一句的最后一个字拖长，中间还顿一顿，带着颤音的吟唱，抑扬顿挫，美妙至极，今犹在耳。听先

生的课就是一种巨大的享受，那时同学们对地理课都特别期待。

虽然老先生很受欢迎，但我们对先生的过往却知之甚少，先生从不讲个人的经历，也从不讲家里的事情，我想或许是历经政治运动让先生有一种强烈的自我保护意识，这是“文革”给知识分子留下的巨大心理阴影。我只隐隐约约听说老先生之前上过大学，夫人也是知识分子。70 年代末 80 年代初，先生的女婿考上了研究生，三个女儿都先后考上了大学，这在当时当地是了不起的事情，但即使这样的大喜事，先生从没给我们讲过一个字。老先生身上有一种宠辱不惊的从容，“文革”中受到不公正对待，被发配去干勤杂，没见他抱怨。重新走上讲台，也没见他露出太多的惊喜，淡定是他的底色。但他的身上也表现出了多面性。课堂上的他，幽默风趣，妙语连珠。下课后，他拍拍满手的粉笔灰，抱着他的地球仪默默离去，和学生不再交集，这时的他，没有了笑容，眼里还有一丝的忧郁。他对每一节课都是用心的，可以说是堂堂精彩。对学生，任何时候他都极有耐心，不管你是局长的儿子，还是校长的千金，决不厚此薄彼。这一点对老师来说至关重要。由此，又记起另一件往事，同一时期，学校还有一名老师，总觉得他的笑容和耐心是有特定对象的，比如对领导的孩子，这给我留下了极为负面的印象。一次上自习，这位老师一进教室就习惯性地走到那位爸爸是县里实权人物的女同学身边，“有啥不懂的没得？”亲切得如春风拂面。女同学想了一想说：“上午的课你讲得不是很清楚，我都没怎么听！”老师一下变得忐忑起来，立即开始解释，不厌其烦，一讲就是半小时。旁边的几位“普

通”同学有些急了：“老师，我问一下……”老师一扭头，摔出一张冷脸：“没见我在忙？”等到好不容易忙完，才没好气地冲着那位提问的同学蹦出一句：“来嘛！”那位同学战战兢兢地开始提问，不料他还没听完，就硬邦邦地来了一句“别个嘟个搞得懂，你为啥就搞不懂，恁个笨，还读个啥子书嘛！”搞得这位同学恨不得地上有条缝赶紧钻进去。我的记忆中，再也没见这位同学有胆量向这个老师问过问题。

现在还记得陈老先生一家当年挤在教师宿舍底楼一个不足 20 平方米的小房中，当年，我常常看见他坐在门口晒着太阳看书、看报，感觉得到他很喜欢这样的状态。今天，我也有了先生同样的习惯，我感受到了老先生当年的快乐和这种状态的价值、意义。先生儒雅、淡定，他也许都叫不出我的名字，但我却永远记住了他；他没有对任何一个学生表达特别的关爱，但这不影响我们每一个学生对他的尊敬。他从不炫耀自己的过往，以至于我们现在都不清楚他是怎么来又是怎么去的，但我们记住了他的博识，记住了他带着抖音的吟唱，几十年后还时时记起他的容颜。作为一个老师，这足矣！

吴老

吴老是我在电视台工作时的同事。当初共事时，他五十多岁，我三十来岁。吴老年龄比我们都大，工龄比我们一群人都长。他有长者风范，又童心不泯，高兴时手舞足蹈，工作时如痴如醉，大家都喜欢他，也敬重他，管他叫吴老革命，简称“吴老”。

吴老胖胖的，一辈子没当过官，但腆着肚子，如果不说话，看上去极像是位大领导。他眼睛小，自嘲“光圈小景深大，清晰度高”；说话声音有点嘶哑，带着浓重的巫山口音。还经常玩些新玩意儿，在 20 世纪 80 年代就摆弄勃朗尼卡 120 相机，穿花衬衫，吃深海鱼油……算是挺立在时尚潮头的人。他多才多艺，自己总结，吹拉弹唱、绘画照相、布置会场样样在行，此说不虚。

我和吴老共事有十来年，从 80 年代末到 90 年代尾。他的强项是视觉感，文字能力不咋样，我调侃他是扛得起枪（摄像机），提不起笔，好强的他竟也无言以对。他有时在外面接了活儿，请我做文案，写脚本，因此，我俩常在一起吹龙门阵。

吴老是个干活拼命的人。他拍片，蹲、趴、俯、仰、卧不断变换；摄像机一会儿肩扛，一会儿手提，一会儿又怀抱；围着拍摄对象或慢步轻移或猛一甩头华丽转身，表情实在是很丰富，即使大冬天拍个小片，都弄得满头大汗。一次地方领导去北京某部委汇报工作，吴老随行，他端着相机候在门口，地方领导汇报完工作，部委领导送出大门，此时候在门口的吴老，三步并作两步冲上前，扑哧一下躺在地上，仰着身子一阵狂拍，在场的人大受惊吓。有吴老在场的拍摄，焦点往往不在拍摄对象，在他。看他拍片，就如看一场生动的拍摄表演。看他摄像，你会觉得摄像这事不晓得有多深奥。吴老拍的画面很唯美，说是那个时代的顶流，一点不夸张。他用同样的设备，总能拍出让人眼睛一亮的不一样的画面。他的用光、构图、虚实、色彩一丝不苟。拍摄时，常常拿个树枝之类在镜头前轻轻摇晃，造一个前景或者形成一个虚焦，让画面很有形式感，视觉张力倍增。他的画面是一个个琢出来的，即使拍新闻，他也是按拍剧的套路干。看他拍摄的素材带，会不时听到他调度拍摄对象的同期声音：“头还转过来一点，哎！对的！对的！还看一下！稍微笑一点！”即使拍农民挑粪，都是一溜人挑着粪桶齐步走，粪桶、扁担排列的透视关系和节奏都无可挑剔。他编片子，不是“编”而是在“磨”，一个通宵，通常只能剪辑分把钟，编一个镜头要回过头来看几遍，一边看一边眯着眼睛晕味儿。那时我们用的是线编，两台磁带编辑机，一放一录，机器通宵达旦地工作，机械系统常常会闹毛病，卡带、绞带是常事，遇上这事，就前功尽弃。而有时人一疲惫，编辑过程中，把编辑

机的插入键错打成组合键，一晚上的辛苦就得白费，吴老经常为此捶胸顿足。

我是搞纪实摄影的，对吴老这样的拍摄编辑方式，有些不以为然，当然这是风格理念带来的分歧和差异，他强烈的视觉感悟力和精益求精的工匠精神还有他拍下的那些唯美的画面，让我充满敬意。

吴老在三峡的沃土上深耕多年，他熟悉三峡，热爱三峡，是三峡地区本土摄影家中最早拍三峡的人之一。他拍摄的小三峡、红池坝，不少经典画面，90 年代，多次被央媒和一些省级媒体采用，也经常被人盗用。对盗用者，他很大度，从未深究。

吴老很顽皮，人称老顽童，他喜欢和年轻人打堆儿。他爱讲笑话。一次，他起得早，偶然发现一位同事的老婆体贴老公，清早用生菜油拌煎鸡蛋给老公吃。他在办公室捏着鼻子，摆出扭捏的动作很夸张地给一屋的人还原那场景，把一屋的人笑得前仰后合。现场，有人揭出他的糗事，他回上一句“莫逗空话！”然后赶紧转移话题。

吴老还是个热心人，朋友同事谁有个事，他忙前忙后地张罗，现场只要有吴老，就有气氛。一次他的一位朋友的家里老人去世，出殡那天，吴老去帮忙摄像，最前面是一辆卡车，吴老觉得卡车的货厢宽敞，视角高，就在上面拍开了，为了拍到好的角度，吴老以身犯险，竟然骑在卡车的后挡板上操作，不料，山路颠簸，人被颠起又重重地落下，吴老的要害部位被严重损伤，小蛋蛋肿得有鸭蛋大，这是个让人不好启齿的部位，吴老为此去医院医了

很长一段时间，还不好意思给主家说一声儿，他默默地把苦和痛咽在了肚里。

吴老爱喝酒，菜也做得好，还喜欢热闹。同事们都爱去他家玩。他家的菜，最有记忆的是腊肉、菜豆腐、咸菜，都很香，味也重。普普通通的材料，即使一颗大白菜，吴老一出手，就成了美味，我们去他家，很放松。他喝酒，一喝喝半天。喝到一定程度，有两个故事是必讲的。一是当年他在巫溪文化馆干摄影，一位大领导到了巫溪，按当时的惯例，要和当地干部合影。在拍摄合照的时候，这位领导没太在意，把脚随意伸上了前，这时吴老跑上前，俯身凑近领导，小声对领导说：首长，您能不能把脚稍微收起一点。领导一听很高兴地点点头说："好啊！"这个故事让吴老自豪了一辈子。挂在嘴边的话是："某某某恁个大的官，我都敢让他把脚收起一点。啥子场面我没见过？"还有一件往事，"文革"期间，各地画巨幅毛主席像，这是个政治性很强的事，画得不好，是要……但吴老还真有些本事，画毛主席像让他在当时的三峡地区出了名。他经常摆的龙门阵："我当年画毛主席像，哈个咋，画的牙齿都有洗脸盆恁个大，从宜昌一路上来，都请我画，格老子，都是当上宾，好酒好肉地招待哟！"说完一脸自豪。

吴老是个手艺人，虽然经常在领导身边，和领导也走得近，但从未弄个一官半职，他的志向没在此。他就喜欢他的摄影，一辈子都喜欢摆弄照相录像器材。80 年代，一般人使用的相机大都是海鸥 4A、海欧 4B，吴老心心念念想有一部好相机。据说，一次四川省委领导到了巫溪调研，吴老拿着一台老旧双镜头相机跑

前跑后，当领导在大宁河边留影时，吴老为了抢到好的镜头，急急忙忙地边看边退，一脚踩到了没膝的刺骨河水中，同行的省报记者因为有广角镜，拍得不慌不忙。领导很奇怪，便问吴老，你为啥要退那么远呢？吴老抓住机会很无奈地对领导说：“他们用的是广角镜头，框得下来，我这个站近了就装不下。”领导转身对陪同的县领导说：“你们这个摄影的同志很辛苦，能不能也给他买个广角镜头！”县领导当即表示：“我们下来落实！”不久，他就用上了一台勃朗尼卡 120 机，这在当时是相当领先的摄影设备了。

吴老退休后，有些不适应，毕竟他热闹惯了。他对我说：我想去三峡拍点东西，你要上班，没得人一起去。说完，有些惆怅。我说：报社的方老师可以噻。他有些怀疑：他的身体没得我好，吃得消不？我说：好像还可以！

一周后，他和方老师相约去了三峡，又十天后返回了。方老师好好的，吴老却病倒了。一天上午，我正在办公室，突然接到一电话，是医院急诊科打来的，说是吴老正在医院抢救，让我赶紧通知家属。搁下电话，我心急火燎地赶到医院，吴老躺在病床上，呈痛苦表情状，“老革命！老革命！”我着急地对着他喊，他说不出话，眼睛努力地眨了一下，眼角滚出一滴浑浊的泪珠。

事后，我开玩笑地对他说：“老革命，你说人家方老师拖不赢你，你啷个躺到医院去了呢？”吴老不好意思地笑笑，仍嘴硬地回了句“莫逗空话！”

2000 年年底，我调到重庆主城工作，我们就很少见面了。

一天突然接到吴老的电话，说他在重庆火车站，很想和我见一见，我当时手头正忙，心想以后见面的机会多，推脱了。没想到这次电话竟是我们最后的联络。

吴老是一个生活阅历丰富的老者，是一个快乐的老顽童，还是一位有造诣的影像艺术家，他是一个充满个性的鲜活的人。

垃圾山上的万元户

已经消失的奉节老县城江边，曾有一座巨大的垃圾“山”。船过奉节，远远就能看见，那是奉节老城的一块巨大的伤疤。

不知什么时候，估计至少也在百年之前，奉节县城临江的老城墙，露出了一个缺口。城里几万人的生活垃圾一度苦于无处倾倒，于是有人打起了缺口的主意。垃圾从缺口倒下去，散落在高高的城墙根儿下，城里人一下就眼不见心不烦了。垃圾堆到一定的高度，夏天就来了，江水猛涨，垃圾被水流带到远方，为第二年倾倒又腾出了空间，循环往复。曾经的奉节人就这样一代接一代延续着这样的垃圾处理方式，这实际上就是把长江当成了垃圾处理厂，但随着县城人口的增长，垃圾越来越多，后来竟多到夏天的洪水都带不走了。倒在这里的垃圾经年累月堆积，形成一个小山包，当地人取名“渣滓包”。

上了点年纪的奉节人，可能还记得，20 世纪 80 年代，奉节县城总能看见一个蓬头垢面，动作有些迟缓，因缺牙而瘪着嘴的老人，每天拉着一架带木箱的板车，风雨无阻定时出现在大南门、十字街、罗家巷一带清运垃圾，几乎半个县城的垃圾就靠他一个人集运。老人叫查国太，家在农村，据说是因为那方面能力不足，被老婆赶出了家门，流落县城。查国太话不多，一双大手粗壮有力，只剩几颗孤零零大牙的嘴，一张开，黑洞洞的。

那个年代，城里人是很有优越感的，对查国太这类农村人除了倒垃圾时偶尔想起，平时是不怎么关注的。查国太人老实，大约是自卑，也少与人交往。今天想来，他才应该是当年小县城不可或缺的人物，当时小县城可以离得开许多人，但离不开查国太，只是因为他的尽职履责，才没有让我们感受没有他的不便。

查国太，每天收运垃圾，生活简单，收入微薄。直到有一天，因为堆在“渣滓包”的垃圾太多，风一吹，垃圾飘落一地，让周边居民很是烦恼，怎么办呢？人们顺理成章地想到了运垃圾的查老头，居委会出面，每月给老头几块钱，让老头将垃圾场的垃圾归拢归拢。当年家家户户烧煤，垃圾中煤渣居多，查老头在归拢垃圾的过程中，看到煤渣中还有许多没有烧尽的煤块，农村人觉得可惜，于是分拣出来放在一边，后来有人向他购买，再后来，他又把垃圾中的金属分拣出来，拿到土产公司的废品收购点卖，干这些的收入居然比他每天清运垃圾的工资高出了许多。这个时候，查国太表现出了农民的精明，他不动声色，

每天仍然准时清运垃圾，赚来的钱也不买吃买穿。而是在垃圾山上搭了几个简易的窝棚，然后找来几名乡亲，告诉他们，你们每天就在这里把我运回垃圾中的煤块、牙膏皮等金属分拣出来，我管吃管住每人每天再发一块钱工钱，这个待遇对当年的农民来说算是大价钱了。

查国太每天运回垃圾、找人分拣，然后统一变卖。人们谁也没有注意到这个发财之道，周围的人只看到一群蓬头垢面的人每天在垃圾堆里刨来刨去。直到有一天，居委会的干部无意进到查国太的窝棚，随手揭开了铺在床板上的棉絮，眼前的一幕把他们惊呆了，真是人不可貌相，床板上铺着厚厚一层十元的人民币，粗略估计上万元。当年有钱人太少，万元户，对普通人更是遥不可及。查老头当年的身家，至少相当于今天的千万富翁。垃圾、万元户，两个关键词足够吸引眼球。1988 年的 5 月，我赶到奉节，写了篇《垃圾山和它的万元户》。

那座巨大的垃圾山，20 世纪 80 年代末因环保原因被当地政府果断关闭。查国太只好转移了“阵地”，但一直延续着他垃圾变钱的生计，直到去世。他是什么时候走的，他的钱后来归了谁，在当地没有任何人说得清。他就像一粒微尘，在光的照射下，扬起，然后又散落在尘土中，消逝得无踪无迹。

风箱峡往事

偶然看到一张三峡悬棺的照片，勾起了我的一段童年记忆。

奉节瞿塘峡中有个风箱峡，因峡中绝壁上插了几具状如风箱（旧时烧火鼓风的用具）的东西而得名，其实这几具“风箱”是几口悬棺。棺中到底装着何物？有说金银珠宝，有说神秘天书……总之谁得到谁发财、谁发达，至于是谁人所放，有说诸葛孔明的，有说蜀主刘备的，有说远古巴人的……乘船过瞿塘峡，经人稍加指点即可看见。千百年，几个“风箱”就在绝壁上诱惑人，惹得许多人两眼充血，我小时候比较大的愿望之一就是有朝一日练成飞檐走壁神技，爬上悬崖绝壁打开神秘风箱取出宝物。

记得20世纪70年代初的一个秋季，奉节县城一个消息风传，风箱峡里的“风箱”被取下了。

风箱是奉节一个叫蔡癞子的人带着几个人弄下的。印象中蔡癞子人精瘦，头癞，平时无精打采地流浪在县城，有时采点草药换钱。一日，蔡癞子和几名小兄弟闲来没事，来到风箱峡，风箱

在风箱峡黄褐色的石壁上，有几个酷似风箱的长方形木匣，关于这些『风箱』的神秘传说令人遐想不已

中有宝物的传说让他和众兄弟有种按捺不住的冲动。这种冲动让人生出巨大的勇气和力量，这大约就是精神变物质的生动事例。令人难以置信的是，蔡癞子没用任何攀缘设备和保险工具，没有巧克力等高热量食物果腹，吃的仅是乞讨的残羹剩饭，全凭四肢撑着一条天然岩缝一点一点往上爬。到底是怎么攀爬的，具体细节不得而知，结果是他和另一位兄弟攀到了风箱边，透过“风箱”的缝隙，他们没见到梦想中的财宝，只有一堆干枯的白骨和几柄生锈的铜剑……

“风箱”不便从绝壁扛下，箱中也没有期盼的宝物，但费了这么大功夫，蔡癞子和众兄弟还是不想空手而归，一番商量，蔡癞子决定将两个“风箱”稍加处理，然后从悬崖上的岩缝中拔出，掀下了悬崖。听闻风箱峡“风箱”被成功取下，消息很快惊动了县文化馆的工作人员，那幅照片据称是当时文博人员赶到现场时留下的。

以上探宝过程和情节是我隐隐记得的当年一些传说，印象中县城的人川流不息涌到县文化馆去看取下的悬棺，轰动一时。

悬棺被取下后，风箱峡的神秘传说也戛然而止。其实，如果没有蔡癞子他们的冒险，风箱峡的神秘还会延续，这或许更有吸引力，也更让人遐想……

记录三峡

三峡是我的故乡，我从小生活在瞿塘峡口的奉节县城。三峡的水、三峡的风、三峡的人、三峡的景，我都熟悉，也深爱。

1980 年，我还在念高一，突然对摄影产生了浓厚兴趣，父母竟花了 120 元人民币给我买了一台海鸥 4B 相机。要知道，当年我们无论国家还是每一个家庭都闲钱余粮极少，父亲一个月工资才五十来块钱，父母到饭馆吃碗小面都舍不得。但他们却给未成年的儿子买了台相机“耍”，这比今天的父母给还在念初中的孩子买台“大奔”还难以想象，毕竟是在那个年代。如今，这台相机还静静地放在我的书柜里，挂上弦，快门尚能发出清脆的“咔嚓”声。

“玩”相机的少年

“玩”相机耽误了我的学业，但也让我和影像艺术结下不解情缘。我的人生，说不上精彩，但在追寻影像的过程中，却从不缺乏快乐，拍三峡成了我一生的乐趣。

我最初的拍摄是漫无目的的，攒够一块八毛钱，买个公元黑白胶卷，觉着好看的景就拍一张，常常是看到的风景气象万千，拍出来却是一团漆黑。

一个雨后的清晨，站在县城南门口港务站的晒楼上，远远看夔门，云蒸霞蔚，把我惊呆了，赶紧跑回家拿来相机，一口气拍完一整卷，十六张。满心欢喜进暗室冲底片，结果冲出来的底片，银盐堆积得厚厚的，没有层次，没有光感。距离实在太远，海鸥4B的50毫米镜头和黑白片的表现力实在太弱。

这个事让我明白了一个道理，照片不好是由于走得不够近。

又一个清晨，我搭乘县城去白帝城的班船，接近夔门时，阳光从前方升起，万道霞光让雄奇的夔门若隐若现，一条木船从云霞中摇出，逆光下，船和船夫划桨的剪影，弥散出远古三峡的神秘气韵，我激动得手都有些发抖，不停地上弦，摁快门。这次拍的一张照片，第一次让我获了个小奖，从此，拍三峡的兴趣更浓了。

在20世纪80年代拍三峡，有一些今天难以理解的困难。一是相机，当时最常用的是海鸥4B双镜头相机，全机械。镜头焦距50毫米，相机制造工艺不咋地，关键时刻时常扯拐。二是胶卷，今天我们玩摄影已经实现了拍摄自由，一个连拍就是当年一个胶卷的拍摄量。那时，日积月累省下两块钱只能买一个胶卷，最多拍十六张。拍的时候想了又想，算了又算，时常正在兴头上胶卷没了，捶胸顿足望景生叹。现在内存卡拍爆了，删几张又能继续拍。三是技术，当年拍摄主要靠经验，曝光、构图、光影，最后的成像需要拍摄、冲卷、印片等一系列复杂的过程，今天我们是所见

即所拍，技术门槛大大降低，人人都是摄影师。

当年拍片的最大乐趣是什么？应该是享受摄影的过程。这个过程是未知的或者说是若隐若现的，结果需要一步一步才能实现。

穿行在三峡的羊肠小道上，面对峡光万道，云卷云舒，摁下快门，心里充满期待。匆匆忙忙赶回家，迫不及待兑药水，然后钻进黢黑的暗室拆开胶卷，先显影后定影，时间到，跑出暗室，两手拉着还滴着水的胶卷，对着光亮细细读片，有欢喜也有失望，底片晾干，再入暗房，红色的安全灯下，白色的相纸经过曝光放入显影液中，影像渐渐露出，越来越清晰，这个过程，充满期待。美，在不确定的过程中一步一步走近……

登出鸟瞰的视角

当年，没有无人机，航拍是个技术难度高、资金口子极大的活儿，摄影者的视角发现和表达极受限制。要想获得不同寻常的三峡照片，最好的办法就是靠一双腿，爬高一点。

夔门的正中，有座高高的山，形似仙桃，当地人称桃子山，现在改名“三峡之巅”，是不是三峡的巅，我不能确定，但绝对是瞿塘峡最高的山。小时候，看着桃子山巅飘浮的白云，我幻想着那里有成群的神仙，爬上去看看，是童年的梦想。1985 年夏天，拍摄的冲动让我迈出了脚步。一大早，我和一位同伴，带了饼干、午餐肉罐头，由于经验不足，带的水不多。清早出发，从旁边的草堂上山。一开始，劲头十足，十七八岁的小伙子，精力旺盛得很。爬了十多公里山路后，越来越难行。沿途也见不到人家，树木极少，

因为三峡蓄水，我们拍三峡，就是在与时间赛跑

夏日阳光灼灼，晒得人焦躁，带的一壶水，咕咚咕咚几下就喝干了。渴，成了最大的问题，脱水，让人浑身无力，脚也越来越沉重，我第一次感受到一种挑战生命极限的累。但我俩都觉得只能往上走，才有希望。我们把路边的嫩草薅下塞在嘴里，润一下冒火的嗓子，勉强走一段然后停下来，躺在地上积蓄一点体能，我尽力想象着前面有哗哗的山泉，望梅止渴确实有一定的道理。就这样走走躺躺，终于看到了一个不足一平的小水坑，冲上去，也不管脏不脏，手一搅，泥沙泛起，顾不上这些，狂饮，此时的泥浆水也很美味。

下午四点多钟，终于上了顶，走过一个浅丘，远远看见有一户人家，一间破败的土坯房。房前的屋檐下挂着一排金黄金黄的玉米棒子。隐约记得主人姓田，五十来岁，四个孩子羞怯地远远看着我和同伴，主人夫妇都很朴实，话不多，见到我们，一家人都很吃惊。老田告诉我们，他们世代都住在这里，最大的孩子都没去过山下的江边。山上日子苦，主要是缺水。每年杀头猪，请人抬到山下卖了，用于生活开销。一年只开销一两百块钱，主要是买煤油点灯之类。

从老田家出来，一直向前，风有点大，一座神龛孤零零地立在地里。再向前走一段，就到了桃子山的桃尖儿上，向下是绝壁。站在三峡之巅，远看，长江已没有了奔流的气势，茫茫崇山峻岭中，它蜿蜒而来，水绕山环，眼前宛如一个巨大的盆景，大得我的海鸥 4B 镜头根本装不下，急得我跑前跑后地四处转。这次的三峡之巅拍摄，几乎颗粒无收。现在我都很后悔，当初为什么不拍下

老田一家的状态，不拍下那个孤零零的神龛？这是当时摄影理念的局限，只想到拍美景，缺乏对人的关注。

拍瞿塘，上桃子山是绝选，拍巫峡则要上神女峰，有上帝之眼的独特。不过我登神女峰是在20世纪90年代初期的事了，累得也是够呛。登顶一望，云山苍苍，江水泱泱，一下子，觉得所有的付出都值了。只是近距离看“神女”，让人有些失望，它就是一方细长斑驳的岩石，上面还有一道长长的裂缝，岩石的跟前不知是谁敬了一炷香烛，太平常。可远远看，云遮雾绕，神女千姿百态，给人巨大想象空间。距离产生了美，演绎出经典的神话，神话又把石头变成了神。

亲亲可爱的三峡

拍三峡，累，但也有例外。

在风和日丽的春秋天拍三峡，是最轻松最惬意的。租条小船，带上丰盛的食物。船，漂荡在峡中。景，随着船的漂移不断变换，真的是流动的风景。我可以想停就停，想行就行。累了，躺在小甲板上，晒着暖阳，吹着清爽的峡风；饿了，吃上几口香喷喷的美食。不时端起保温杯，呷一口热茶，满嘴生香的感觉也很美。看到漂亮的景，招呼船老大靠上去，一阵狂拍。

春秋季节，峡江两岸的奇石露出了水面，慢慢品读，我称之为“读岸”。崖壁上的栈道，从江面上远远地看，就是一道长长的刻在山岩上的线条。粉壁崖的石刻，楷、隶、草、篆齐全，有的一个字都高过人头，赵公硕书《皇宋中兴圣德颂碑》“字如碗大，

舟行峡中，远望可读”。不禁要想，古人是怎么在三峡的绝壁上留下了这些奇美的珍品。

读三峡的岸，有种走进远古洪荒的穿越感。在机械动力出现之前，三峡行船靠的是纤夫背负着嵌入皮肉的纤藤，死命地拖拽，急流岸边，竹制纤藤把坚硬的岩石磨出道道深深的纤痕。它们素面朝天，轻轻触摸，你仿佛能听到峡江中生命的呐喊；岸边的石纹，有的似竖琴，有的像走兽，有的恰如天书万卷，仰望它，你会感慨，那么轻柔的水怎么竟能把这么坚硬的石，雕琢得这样妙不可言。

在云阳磐石镇的长江岸边，坐落着一片巨大的石林，有的峰峦叠嶂如波似浪，有的左冲右突，或高或矮……静静地躺在石头上，听江水拍岸，思绪很悠长很悠长……

在三峡中，我感觉离世俗和烦恼很远。这样的拍摄方式，心是自由的，身是放松的。

和时间赛跑

对三峡的拍摄，有了巨大的紧迫感，是在 1997 年三峡大江截流之后。三峡两岸，处处可见“135”“165”“175”的醒目字样，那是一道道淹没线。三峡库区 175 米线下的城镇、库岸景观……统统将消失在浩浩江水之下，这是有史以来，三峡最大的一次改变。作为记录者，要与时间赛跑。

我一次又一次赶赴三峡，记录下原生状态下的峡江风光、库岸生态、老镇风情，那里的街道、那里的民居、那里的栈道、那

里的纤桩……随着移民搬迁的快速推进，在快速消失。

1997 年的 10 月，巫峡深处的青石古镇中，迎亲的队伍出现在江岸的石林上，他们抬着大红的衣柜，拿着包着红纸的脸盆和水瓶，抱着花花绿绿的崭新棉被，一路吹吹打打走进老街，很三峡很三峡。一年后，再次走进古镇，这里只有几位孤独的老人在守望。又是几个月后，这里一片残垣断壁。2003 年 3 月再去，只剩下一片瓦砾。

1999 年 8 月，奉节古城那座高大的依斗门，人流如织。2001 年 2 月，这里已是门前冷落。2002 年 10 月，高高的城门已经拆除，一坡石梯突起在一片瓦砾中，和远处的夔门遥遥相对。

2002 年 11 月 4 日，奉节县城集中爆破，我架着摄像机，对着我熟悉的老城拍摄，那里留下了我童年的欢笑，留下了我少年的足迹。上午 10 点 53 分，随着一声“起爆”令下，老城轰然倒下。我眼含热泪，几千年积聚和孕育的老城，消失，只在一瞬间。

历史不能倒流，影像却可以回放，闲暇时，我把一个三峡老城的影像按照拍摄的时序倒放，一片瓦砾、尘烟弥漫、倒下的建筑又快速立起、熟悉的老城……消失的老城复活了，这是影像的神奇，让我们能够重温过去，但这需要影像记录者多年执着的积累。

我见证了三峡史无前例的巨变，我无法阻挡它的巨变，但我留下了三峡曾经的容颜，三峡，我也为你做了一丁点的事情。

回忆好似一条长长的路，曾经的风景、昔日的话语、过往的你我……时光依旧，温暖心房。